師の句を訪ねて

――岡本眸その作品と軌跡

広渡詩乃

ウエップ

師の句を訪ねて——岡本眸その作品と軌跡●目次

I　鈴の音

Ⅱ　雲の峰

Ⅲ　風の盆

師の句を訪ねて

——岡本眸その作品と軌跡

装幀・近野裕一

Ⅰ　鈴の音

日本橋室町、眸俳句の出発点

ある日、長年俳句を投稿している「朝」誌に、毎月連載で文章を書かないか、とのお話をいただいた。これは先生からもっと勉強をせよとの励ましかもしれない。いろいろ思案したが、先生の作句の現場に立ってみよう、と思い至った。師が句を作られた場所を追うことで、師・岡本眸の句をもっと深く、肌身で知ることができたらと思ったのである。

あの句はどこで作られ、その場所は、今どうなっているのか。新たな発見もあるかもしれない。所縁の地を探し歩き、眸先生に、皆様に、お伝えしていこう。

まずは眸俳句の出発点、日本橋室町へ向かうことにした。

先生が俳句入門をされたのは戦後まもなくの昭和二十五年頃のこと。勤務先の会社の句会で、富安風生先生の指導を受けられることになった。

先生は当時、会社のあった日本橋へ自宅近くから国電に乗り、神田駅から徒歩で通勤されたと聞く。若々しく颯爽とした女性の姿が想像される。

ＪＲ神田駅で電車を降り、夏の強い日差しに手庇をして、辺りを見渡した。駅のガード下には、どこか当時を偲ぶ風情があり、すぐそばの商店街には雑居ビルがところ狭しと建ち並んでいる。その頃の神田駅周辺は、闇市くずれの小さな飲食店やキャバレーが混み合い、雑然としていたという。

夕立やダンスホールと窓対す　　昨

入門されて間もない作品。先生は後にエッセイの中で、神田駅近くでこの句を作ったときの新鮮な感動を『夏の夕刻、それまで怪しかった空模様が一気に崩れて、たたきつけるような夕立となった。……雨宿りを兼ねるのか入り口に飛び込んでゆく男たち、内部の喧騒を思わせる窓の赤いカーテン、はしる稲妻……』とその場の活気を疾走感に満ちた描写で回想されている。

そしてこの句は風生先生から「実感があってよい」と評され、まだ入会半年だったたが『自分は見た、私だけが見つけた、という手応えのある句』だったと述懐されている。

駅を後にして大通りを数分歩くと、超高層ビルが出現する。三井タワーだ。眸先生がかつて秘書として勤務された場所が、このタワーのすぐ裏側にあった。だが残念ながらその会社は今はなく、ビルも建て替えられてしまったらしい。

しかし隣に当時を偲ぶ建物として、石造りの古い建物があった。三井本館である。関東大震災のあと昭和四年に竣工され、国の重要文化財に指定されているというから、六十年前とさほど変わっていないのではないか。今もオフィスとして使われており、今回は特別に中を見せていただいた。本館内部は三井記念美術館を通じて見学することができる。

旧式エレベーターの扉を降りると、薄暗く長い廊下。しんと静かで、外の夏の日差し、都会の喧騒は届いていない。廊下を行くと、黒々とした重厚な扉が奥までずっと並んでいる。まるで扉の森のようだ。ここで戦前戦後、多くの人々が働いてきたのだろう。真鍮のドアノブの下、鍵穴から中を覗きたくなる衝動に駆られた時、廊下の奥に、ふと、一人の女性の後ろ姿が浮かび上がった。

霧冷や秘書のつとめに鍵多く　『朝』

当時、眸先生は、役員秘書の業務のかたわら、句会の世話役も仕事の一つとされていた。富安風生という一流の師を招き、役員が中心となった俳句の会「かつら会」のことは、後年、講演でも多く語られている。その頃、便利な機器もなく、本来の仕事の他に、句会の度に会員に向け、風生先生の朱筆を写したり成り行きを書類にしたりされたという。

それは、ちょうど句会の復習である。その労を惜しまなかったことで、俳句の基礎をしっかりと学ばれたのだろう。掲出の霧冷の句からは、季語の奥深さと共に、秘書という仕事の真実が読む者にも切々と伝わってくる。

風生先生の教えは、「まず仕事を、生活を大事にすること。そして俳句に向かうときは一生懸命に作ること」であったという。仕事に俳句に、真摯に向かわれた眸先生は、職場での俳句をいきいきと詠み、才能を伸ばしてゆく。

社会鍋横顔ばかり通るなり　『朝』

桃の花ビルの奈落へ投げ込まる　〃

石階の擦り傷光り労働祭　〃

毛虫の季節エレベーターに同性ばかり　　『朝』

晔先生の俳句の出発点、日本橋室町。奇しくも、あの松尾芭蕉が若き頃に桃青と称して発句の修業を始めたのも、与謝蕪村が俳句修業をしたのも、ここ日本橋室町であった。

（「朝」平成二十一年十月号）

左が旧日銀ビル、右が三井本館。その右奥に先生の勤務先があった

心の原風景（荒川放水路・大森）

先生は昭和三年一月六日、兄三人姉二人の末子として東京都江戸川区にお生まれになった。この地は、関東大震災で芝の露月町を焼け出された両親が縁者を頼って移り住んだところという。荒川放水路に近い鄙びた町で、兄姉から「お前だけが田舎の子だ」とからかわれて育ったと文章に書かれている。

昭和二〇年三月、東京大空襲で自宅を焼失。その後、二度目の家も空襲で焼かれ、次に移り住んだ土手近くの家も裏口まで焼かれた。次の作品は後年、被災時を回想されたものだ。

鴻毛のかろきに焼けし飾り雛　『午後の椅子』

まだ残暑の続く一日、師の心の原風景を探して、荒川放水路近くへと向かった。総武線の電車は亀戸を過ぎ、中川を渡り、平井駅に着く。ホームを降りたとたん、ふと奇妙な感じがした。この駅に降り立つのは全く初めてなのだが、来たことがある気がする。階段を降り、改札へ向かうとその謎が解けた。先生が後年、長く住んでいらした金町の駅にそっくりなのである。ホームに戻り左右を見回すと、線路の先の曲がり具合まで似ていた。

この駅のホームで、師が終戦の玉音放送を聞かれたのは、十七歳の夏。学徒兵として応招されていた兄上は、その前年に戦死されていたのであった。

兄の忌の兄来るごとく霧降るよ　『朝』

思ひ出のいつか禱りに終戦忌　『一つ音』

その日と似た暑い午後の町を、荒川土手へと向かう。

かつて平井四丁目に西さんという医院があった。薬局を営んでいた師の生家はその医院の筋向かいにあったらしい。商店街を抜けて少し歩くと、今もその場所に西クリニックはあった。鉄筋の新しい建物である。

すぐ近くに古い豆腐屋があり、声をかけると、エプロン姿の年配の奥さんが笑顔で出てきた。店先の縁台で昔話を聞いていると、通りがかりの日傘の年配女性も寄ってきて、地元に古くから住んでいるという。戦前にこの近くにあった薬局を覚えていたが、空襲で何もかも焼け、この道を命からがら逃げ走ったのだと、先に見える土手を指差した。

戦前といふ世ありけり手毬唄　『午後の椅子』

この辺りはマンションや民家が密集し、昔の面影はない。ただ、随所に小さな児童公園の木陰がある。幼い頃の思い出を綴ったエッセイ「赤まんま」（『川の見える窓』）で幼馴染みのチコちゃんと遊んだ舞台は、この辺りであったのだろう。炎天下、公園のブランコに人影はなく、民家の庭に百日紅だけが燃えるように咲いていた。小学校の先、ようやく土手に行き当たる。

コンクリートの土手を登ると急に景色が広がった。青々と草が茂り、広々とした河川敷は整備されて運動場となっている。その先に荒川（放水路）の鉛色に光る川面が見えた。

川下には変電所の鉄塔がある。川上すぐに鉄橋があり、総武線が走る。土手道を自転車が一台過ぎたが、なぜか人影が少ない。川向こうに暗雲が立ち込めてきた。

一瞬、閃光が走る。稲妻だ。慌てて土手からもと来た道へ駆け下りる。後ろに爆撃機のような大きな雷鳴が轟いた。

商店街で暫く休み、町を商店街から亀戸の方へと歩くと、旧中川に出た。岸辺は自然のままに整備され緑が美しい。川面は光を溜め、橋の先にスカイツリーも望めた。麦藁帽の老人が釣りをしている。話しかけると、この近辺は空襲で多くの人が亡くなり、川は亡骸で埋まるようだったという。橋近くに鎮魂碑があり、手を合わせた。

崖づたひ日傘たためば身ひとつに　『朝』

師が平井から大森新井宿に転居されたのは、昭和三三年春のこと。その数年前から職場で俳句を始められた。「若葉」の同人となり、句友の曽根けい二氏と婚約される。しかし喜びも束の間、三七年夏に母上がお亡くなりになった。

籠にナフタリン秋蝶の湧きつぐ坂　『朝』

「母の居ない嫁入り支度はつまらなかった。住み慣れた新井宿の坂を上りながら」と解説にある、大森へと向かった。ＪＲ大森駅から、線路沿いの商店街アーケードを少し行き、山王へ右に曲がると、その新井宿の坂はある。坂の上は今、大規模なマンションとなっているが、桜並木の急坂はそのまま鬱蒼とした緑蔭となり、蟬が盛んに鳴いていた。誰も通る人はいない。秋には落葉が敷き詰められることだろう。

夫も無言に靴音合はす落葉坂　『朝』

昭和四一年の作。ご自身の癌手術の前に、「大森の実家へゆく。老齢の父には入院のことを告げずに帰る」とある。その父上も四三年の夏、ここで亡くなられた。

ちちははの忌をみどり濃き七月に　『朝』

師の代表句である次の作品は後年、父上、母上を自宅で最期まで看取られたことをしみじみ思い出されたものである。坂を見上げ、しばし家々の窓に揺れるものを見つめた。

父も母も家にて死にき吊忍　『知己』

（「朝」平成二十四年九月号）

荒川の河川敷　鉄橋が見える

駒込神明町、買物籠に柚子

鈴のごと星鳴る買物籠に柚子　『朝』

岡本眸師の第一句集『朝』より、昭和三七年の作品。

傍題に「結婚、神明町車庫前に住む」とあり、この年十一月に曽根けい二氏と結婚された眸先生は、ご主人の実家に近い、駒込神明町近辺で新婚生活を始められた。

掲出句のなんと純粋で初々しいことだろう。幸せな結婚生活の喜びが、澄み切った美しい詩の言葉となって溢れている。

師の初期の代表作として挙げられる句だが、誰もが愛唱したくなる親しみやすさも魅力である。

初冬の一日、きらきらと輝くような主婦俳句が紡ぎだされたその町、駒込界隈を歩いてみることにした。

ＪＲ山手線駒込駅を降り、不忍通りを田端方面へ歩いて十分ほど。ここに当時は都電が走っており、煉瓦造りの大きな都電の車庫があった。現在は都電はバスに変わり、辺りはビルが建ち並び、神明町の地名も地図にはない。車庫の跡地には、文京区の公共施設とマンションの高層ビルが建っていた。

ビルの煉瓦タイルの色が往時との共通点といえようか。裏手に公園があり、都電の旧車両が展示されていた。冬のおだやかな陽射しを浴びて、車体の黄色も鮮やかに、今にも動き出しそうである。

春の都電光りて中の夫見えず　『朝』

眸先生は車庫前の停車場まで毎朝、ご主人の通勤を見送りに出たそうである。ご主人が見えなくなるまで手を振る、若妻の幸せ一杯の姿が目に浮かぶようだ。「車掌さんに顔を覚えられ、『私も行ってまいりまあす』と手を振ったりした」という当時のエピソードもホームドラマを見るようで楽しい。この時期、才能豊かな先生は密かにテレビ放送のシナリオも書いていらしたとも聞く。

また、都電車庫を詠んだものに、次のような作品がある。清潔な生活感、鋭い把握表現に感嘆する。

花買ひにもつとも寒き車庫よぎる　『朝』
夜の飛雪一灯をもて車庫保つ　〃

車庫のあった大通りから路地を少し入ると、その頃、眸先生が日々の買い物をされた田端銀座商店街がある。

実は私もかつて新婚生活を駒込で過ごしており、その頃によく買物籠を提げて通った懐かしい場所でもある。昔ながらの下町風情が残る商店街だ。

塩買ひ足しに出るセーターの袖おろし　『朝』
鍵の鈴鳴らし鬼打豆買ひに　〃

二十数年振りに訪れると、狭い路地は、今も変わらず活気にあふれていた。野菜も魚も活きがよく、何より安い。豆腐屋の桶には水が溢れ、パン屋は焼き立ての食パンを店先に積み、路地いっぱいに、幸せな匂いを振りまいていた。

薔薇に風一つ袋に夫婦のパン　『朝』

商店街に古くからの呉服屋が今も軒を連ね、反物や小物などを商っているのは、かつてこの界隈には料亭も多く、華やかな場所だった名残かもしれない。師はのちに、「花柳界が一角を占める路地の多い町で、早朝から夜おそくまでよく働く人達が住んでいた」と書かれている。

近くの路地には、日本舞踊の稽古場なのか「をどり」の看板を掲げた黒い格子戸の家が今もある。玄関前には打水がされ、石蕗の花の黄が眩しく映えていた。

さみしさが寒さとなりし鏡閉づ　『朝』
さも貞淑さうに両手に胼出来ぬ　〃
秋風の窓うしろ手に閉めて主婦　〃

主婦業に慣れてくると誰しも生活の中で倦むことも、また様々考えることもあるものだ。しかし、主婦の呟きを、自らを客観視して日常の詩にまで高めるには、非凡な才能だけでなく、隠れた努力が必要である。ひび割れた手を「さも貞淑さうに」と自分を突き放して見る眼、「うしろ手に」の巧みな身体感覚。作品の中に、台所の片隅で真剣に鉛筆を握る一人の女性の姿が髣髴とする。

雷兆す米櫃の中なまぬるき　『朝』

雲灼けて女に高き神への階　〃

これらの作品には、日々の暮らしの中に埋もれない強い意志がある。神社の階段は、俳句への志を新たにした作者の、鍛錬の道でもあったのだろう。

句集『朝』の中で、神明町は、車庫の上に瞬く冬の星のように明るく、幸せの灯火を放っている。駒込の路地には、財布の鈴を鳴らしながら、商店街を小走りにゆくエプロン姿が、今も似合っている。

（「朝」平成二十一年十二月号）

田端銀座商店街

駒込動坂、祈りの坂

よく晴れた北風の強い一日、私は山手線田端駅からバスに乗って数分、不忍通りとの交差点、動坂《どうさか》下で降りた。
車の往来が多く、道沿いの商店街は立派なマンションになり、聳え連なっている。目の前の、本郷通りへと向かう急な坂が、動坂である。

金槌使ひ誰より早く主婦に秋　『朝』

句集『朝』より。岡本眸先生の昭和四十年の作品である。
結婚されてまだ年浅いが、駒込神明町から常盤平、そして駒込道坂下に転居をされた。冒頭の句は、その頃の作品。忙しく立ち働く主婦の姿が鮮やかに眼に浮かぶ。

夫愛すはうれん草の紅愛す　『朝』

この作品は、ある日の午後、菠薐草を洗っていて唱うように出来た句、と師は語る。根元のほんのりとした紅の色に、夫への愛、平凡な幸福を象徴させる作者の着眼と表現は、いじらしいようで、はっとするほど大胆、非凡である。主婦の生活の眼からの「愛す」だからこそ、誰からも好感をもって愛唱されるのだ。
しかし、その前途洋々な毎日に、一筋の翳りが射す。

石塀に大きな葉影赤痢出づ　『朝』
泉より数歩たちまち烈日下　〃

一句目、動坂を上ると都立駒込病院がある。現在は近代的な病院だが、当時はまだ古い建物で、昼でも薄暗くいかにも避病院という感じがしたという。二句目、川越での吟行句だが、自註には「暑い日でもあったが疲労のひどさがいつもと異なるように思えた」とある。病の予感がされたのだろうか。
はたして、その年の秋、子宮癌の手術を受けられることになったのである。

道尽きるあたり白露ただならず　『朝』
癌育つ身の影折れて月の階　〃

動坂は、祈りの坂である。

江戸時代より以前、目赤不動尊の草堂があった旧跡から、不動坂、堂坂、動坂、と呼ばれるようになったのだという。三代将軍家光の目にとまり、その不動尊は別の場所に移転となった。今はもちろん跡形もないが、動坂を上ったところに近年まで、古いお地蔵様があった。

日を限って祈願すれば不思議と満願の日に先立ち霊験あらたかなことから「日限り地蔵」と呼ばれてきた。病院のすぐ近くにあったため、病気の平癒を一心に祈り、お参りした人も多かったであろう。

眸先生も、そのお一人だったかもしれない。

手術待つ白布づくめも秋深し　『朝』
覚めて夜冬の個室に柱なき　〃
露寒し今日のことのみ思へとぞ　〃
先立つも残るも露の身なりせば　〃
冬の霧夫の痩身何処歩む　〃

手術は名医の執刀を得て無事成功し、約二ヶ月の入院生活を送られた。昭和四一年の冬は、師の生涯のなかでも大きな岐路であり、その後の人生観と俳句にも多大な影響を与えたのだった。

夜々芽吹く誰の日記も明日は白　『朝』
天井の明るき日なり桃買はむ　〃
雁帰る病めば愛憎遠くして　〃
母ならぬ乳房の汗を隠し拭く　〃
日向ぼこ不意に悲しくなりて起つ　〃

退院後には、身近な季語の中に自らの想いを深く詠まれ、生きている証しとしての作品を次々に発表された。

『朝』のあとがきで、癌病院の婦人科病棟に入院中のこと、部屋の前の公衆電話で同病棟の明日手術というお母さんが留守宅に電話している声「……寒くなったから冬の下着を出しなさい……」に始まる文章が心に残る。

「生きることの幸福……その喜びと翳なす悲しみ、それを抱き温めながら私の或は短いかも知れない生涯の記録として書きとどめてゆこうという意欲が出はじめたのはその折からでございます。俳句こそ私のサロン前掛と同じ様にいつも一緒に汚れ、洗われ、又汚れてもしっかりと私の身に付き添っていて呉れるに違いございません」と結ばれている。

「日限のお地蔵さま」は、現在、動坂の上をさらに本郷通りに向かって直進した本駒込の徳源院にある。昭和六十年に動坂上から移されたという。

寺門を入ってすぐ、綺麗に掃き清められた境内に、そのお地蔵様はあった。水が打たれ、供華の花がたっぷりと活けられている。今も、祈願に訪れる人が後を絶たないのだろう。

冬の日差しを浴びた穏やかなお顔は、人々の願いを聞くかのように、寒禽の声に耳を澄ませているのであった。

（「朝」平成二十二年一月号）

徳源院「日限のお地蔵さま」

金町駅前団地にて

東京が今季一番の寒さという休日の朝、私は常磐線の金町駅に降り立った。

眸先生が、駒込動坂下からこの地に移り住まわれたのは、昭和四三年。大病から生還されて二年後のことであった。

その後、先生は都内を何度か引越をされているが、一番思い出深い場所は、亡きご主人とお暮らしになったこの金町なのではなかろうか。

都心へも便利がよく、葛飾柴又や水元公園などが近くにある。下町らしい風情もあり、駅を出るとスーパーや商店、飲食店などが建ち並ぶ。美味しそうな中華料理店、文房具屋、……エッセイにも書かれている先生お馴染みの店を見つけると、嬉しくなってくる。

駅からもすぐ見え、歩いて二、三分の距離に大きな高層の建物が聳え立つ。真っ青な空に、がっしりとした四角い建物。威風堂々とした佇まいは集合住宅というより、まるで凱旋門のようだ。

昭和四十年代初めに公団が開発し、当時、最先端の建築技術を駆使したモダンな十五階建ての集合住宅である。「金町駅前団地」の名も飾り気がなく、堅牢な造りが想像される。

他に何棟かの建物が公園を挟んでゆったりと配置されており、樹木も植えられ、枯芝には冬の日差しが温かい。

すでに築四十数年になるはずだが、外壁は明るい色に塗り替えられ、人の出入りも多く活気があった。建物に入ると、玄関は思いのほか明るい。真新しい郵便受けのステンレスが輝いている。三基あるエレベーターもきれいに整備されており、気持ちがよい。


寒の雨リフト開きて乗り降りなし　『朝』

師の随想では、新築間もないこの建物の最上階に引っ越された当初は、環境に馴染めず、なかなか俳句が出来ない日が過ぎてしまったという。「しかし、この鉄とコンクリートの団地も、つまりは人の造ったところ、そして主婦が懸命に働いているところである。この団地生活の中に自分の俳句の根を下ろしてみようと思って頑張る気持になったのだ」と当時を振り返られている。

掲出の句は、そんな思いでこの団地を詠われた句であった。

寒い夜、誰も乗らない昇降機《リフト》が自分でドアを開けたり閉めたりして動いていた。ふと、そこに現代の生活の中の「寒」の季感を見つけ、一句に成された。詩の素材を手探りで発見された瞬間である。以降もエレベーターを詠まれた句は数多い。

夜深き昇降機《リフト》に踏みて冬菜屑　『冬』

紫蘇提げて朝は昇りの昇降機空く　〃

そのエレベーターの一基に、実際に乗ってみた。ドアに窓があり、函の中から各階の様子が、映画のコマ画面のように見える。閉塞感が少なくゆっくりとした動きは、最近の高層ビルのエレベーターと比べ、どこか親しい感じがする。

桃ひらく口中軽く目覚めけり　『朝』

なんといきいきと生命感に満ちた句であろう。

病後、金町に居を移されてからは、この句のように次第に健康を取り戻され、作句にも意欲的に取り組まれて行く。日々の生活が俳句と結びつき、身の回りの様々な物、建物までもが次々と新しい句材として生かされている。

聖夜過ぐダストシュートに風の音　『冬』

晴天の夜の窓くろき鍋料理　〃

高層ビルの近くは風が強い。まして高階のダストシュートは、遥か地面へ真っ暗な穴にごみを投げ込むわけである。ゴゴオーッと吼えるような風音は、都会の団地に厳しい冬の訪れを知らせてくれるのだ。二句目、窓の黒さは外の寒さであり、鍋料理の温かさが現実感にあふれている。

高階に髪洗ひをり町に雨　『冬』

「髪をびしょびしょに濡らした洗い髪の女、その足の届かぬはるか下に、雨にしたたかに濡れた町が横たわっている」と自解されたが、どこか非現実的な詩的感覚が、今も新鮮だ。

師の第二句集『冬』の跋文で、岸風三楼先生は「きびしい客観を通しての深層心理派といってもよい。そこに『硬質の叙情』があり、……（中略）……現代俳句の新しい方向を示唆する所以である」と評されたが、眸先生は当時、団地という新天地で、自らの人生を、俳句を、果敢に切り拓こうとされていたのだろう。

屋上の十方枯れし乳母車　『二人』

エレベーターに乗り、屋上に出た。雲ひとつない、底抜けに青い冬空がすぐ近くにある。屋上は金網囲いになっており、沢山の洗濯物が勢いよく吹かれていた。色も大きさも様々なシャツが、両手を広げて風を受け止めている。ここは懸命に今を生きる人々の生活の場なのだと改めて感じる。

周囲を見回すと、住宅街の向こうに、西に真っ白な雪を冠った富士山が、北東には筑波の青峰がうっすらと見えた。

（「朝」平成二十二年二月号）

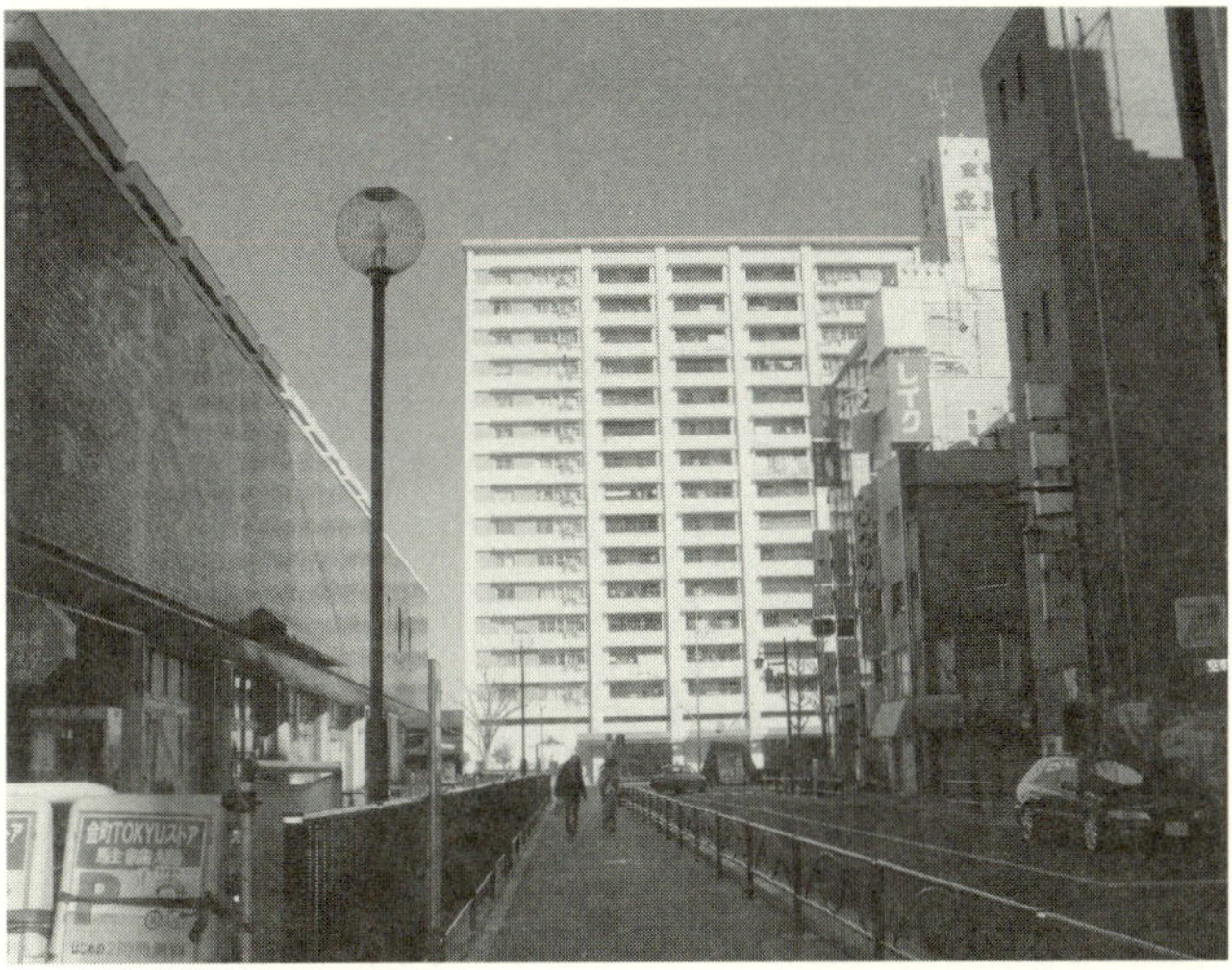

駅側より臨む、金町駅前団地

目白椿山荘、名句の螢

岡本眸師の第一句集『朝』には、評価の高い作品が数多くあるが、私が強く印象を受けた連作に、蛍を題材とした十二句がある。

帯に手をはさめば熱し螢の夜　『朝』

昭和四三年の作で、句集の中でも宝石のように光彩を放っている。

私は何度も読み返しつつ、いつか眸先生の「螢」を見てみたい、その場所に行ってみたいと願っていた。

その蛍の名所はどこであろうかと思いを巡らせていたのだが、目白の椿山荘であったとのこと。思いのほか身近であることに驚く。四十数年を経ているが、今も庭園で蛍を観賞できるという。早速、夏の夕べに訪れることにした。

地下鉄江戸川橋の駅を出て、神田川沿いの遊歩道を歩いて行く。川沿いは樹木の多い崖伝いに公園になっており、訪れた折は、葉桜の緑にあふれていた。

この周辺一帯の高台は古来より椿が自生する景勝の地で「つばきやま」と呼ばれていた。江戸時代、神田上水の改修に携わった松尾芭蕉は、現在の椿山荘に隣接する庵(現・関口芭蕉庵)に住み、この地を愛した。神田上水の向こうに早稲田田圃を、遠くには富士を見晴らしたのだろうか。

広重の「名所江戸百景」にもなり、江戸の中期以降は各大名の下屋敷があったという。

遊歩道に面して冠木門があり、椿山荘の庭園へと入る。

椿山荘は、久留里藩の下屋敷だった約二万坪の敷地を明治十一年、元勲山県有朋公が私財を投じて林泉回遊式庭園に造り上げ、命名したものだ。起伏豊かな地形を生かした名園で、のちに藤田男爵が譲り受け、随所に文化財を配して風情を高めた。東京大空襲で多くを焼失したが、三重塔など現存しているものもある。

戦後に樹木を移植し、庭園を見事に蘇らせた。現在はホテル椿山荘東京として、世界中のゲストを迎えている。名物となった蛍鑑賞も、当初は蛍を放っていたものを、今は園内で大事に育て、自然の姿を見せている。

滝よぎり了へて螢火ふくらみぬ　『朝』

夕暮れになると、園内は鬱蒼とした樹々の闇に包まれた。渓道に低く灯が点り、幽谷へと誘われる。小高い丘には三重塔がライトアップされ美しい。樹間に白く小さな滝があり、涼風に一息ついた。

先句の師の自註には「滝の水明かりのためなのだが、ホッと緊張をゆるめたような螢火のふくらみが可憐に思えた」とある。この滝に違いない。

螢火のいま息づきを揃へたる　『朝』

夜も蒼々とした森の合間に、朱塗りの橋が鮮やかに浮かび上がった。そして蛍狩りの人影が橋へと急ぎ、その手に提灯が揺れている。

恋を得し螢ためらひなく墜ちぬ　『朝』

より強き螢火となり逃れたる　〃

欄干に身をもたせかけ、渓谷の闇に目を凝らすと、一つ、二つと蛍が浮いてきた。ふわり宙を舞うもの、飛んだかと思うと急降下するもの。草陰に光を籠らせているものもある。

髪灯す螢や待つ身ならねども　『朝』
帯に手をはさめば熱し螢の夜　〃

蛍の乱舞に魅せられつつ、かつて眸先生が詠まれた句を想う。思いもよらぬ大病から生還した後に見た蛍は、生きている証しとしての切実な恋の姿だった。作者は女として、人間という生き物として対峙する。蛍の息づきに身が熱く呼応し、言葉となった。

螢の死さやかに古りてよべのこと　『朝』
螢籠螢の死後も闇に置く　〃

師は後に「儚いものに惹かれるのも病後の揺曳」と語られたが、自らの命を愛しみつつ重ねてきた日々が醸成した詩であり、さわやかな余韻を生んだのだろう。

俳句とは、かくも深い、命の文学であるのかと、改めて感銘を深くする。哀しく感動的な名句は、この場所から紡ぎ出されたのだ。

一刻の夢のような光の舞いが吸い込まれるように消えてゆき、ふと気づくと、辺りは深い闇と幽かな水音ばかり。見上げればホテルの窓が煌々と灯り、急に人恋しくなってきた。

山上のレストランの硝子窓から庭園を見下ろすと、先ほどまで佇んでいた蛍の沢は黒々と茂り、まるで原生林のようだ。

眸先生の愛しんだ蛍も、芭蕉の見上げた夜空も、今ここに、たしかに息づいている。

（「朝」平成二十一年十一月号）

椿山荘庭園の三重塔

真間のしだれ桜

まさをなる空よりしだれざくらかな　　富安風生

三月も残りわずかとなる頃、日差しの温かな日に日暮里から京成線に乗り、市川真間駅で降りた。

真間山の弘法寺には眸先生の恩師・富安風生先生の前出の名句で有名な桜と句碑がある。また戦後まもなくこの地で岸風三楼先生の指導句会「真間会」が開かれ、眸先生は長年通われて俳句修業をされたと聞く。二人の師との思い出の地なのである。後年「真間ひとり歩き」と題し、この地を歩いて随筆を書かれているが、今回はその道筋を辿ってみよう。

「踏切を渡らずに右へ折れると町並に松の木が目立ちはじめ俄かに古町の趣が濃くなる……」師の随筆の書き出しそのまま、古い松の並木が出迎えてくれた。大通りを渡り、真間三丁目の路地を進む。風三楼先生のご自宅はこの右手辺りだったのではな真間川である。

いかと思いつつ、閑静な住宅街を抜けて行く。とたんに視界が広がり、町川に出た。


流れねばならぬと流れ冬の水　『矢文』

「冬の真間川のほとりに佇って思う歳月の歩みの、なんと遥かに、なんと一瞬であることか」。この句の自解に書かれているが、二人の師を亡くされ、感慨を深められた場所である。

二十数年前の冬に訪れた師は、「汚れて水量の少ない川面は老残のあわれを隠すべもない」と記されているが、今は護岸も整備され、川面の明るい春の光が眩しい。川沿いには桜並木が枝先に蕾の紅色を煙らせていた。

川岸の真間小学校に沿って、たんぽぽや菫など愛らしい草花に微笑みつつ校門の角を曲がって行くと「手児奈霊神堂」の道標があり、左手に鳥居が見えた。小道を入ると、古池がある。古代この辺りは海辺であったと言うが、水面の浮葉はまだ冬の色を残し、池畔の柳の芽が風に靡いていた。池の向こうに見えるのが手児奈堂で、美しさ故に入り江に身を投げ、万葉の歌にも詠まれた伝説の手児奈姫を祀っている。

約のごと初蝶居りぬ碑への道　『冬』

その境内に同居するようにあるのが真間稲荷神社で、左手にある平屋の建物が社務所である。鉄筋造りで近年の建物と判るが、かつてこの場所で「真間会」が開かれていたのだ。今も集会所として使われているらしく玄関のガラス戸を覗き込んでいると、銀髪のご婦人が奥から出ていらした。もしや先生の文章にある、社務所を守っておられる増田さんではと伺うと、やはりご本人であった。

「真間会」のこともよく覚えておられ、風三楼先生のことや当時のことなど、親切に教えてくださる。柳の芽を眺めながら池の辺で話が弾み、ふと気づくと随分と時間が経っている。立ち話でお疲れになったのではないかと心配になったが「これから風生桜を御覧になるのでしょう、行ってらっしゃい」と笑顔で手を振ってくださった。

花の前すでに虔しむ階のぼる　『冬』

手児奈堂を参拝し、近くの亀井院で手児奈が水を汲んだと伝わる井戸を覗き、いよいよ真間山の弘法寺に向かった。桜は咲いているだろうか、胸を躍らせながら一気に参道の古い石段を登り、山門にたどり着く。弘法寺は天平から続く古刹で、この仁王門の額も弘法大師の筆と伝えられる。その脇には「梨咲くと葛飾の野はとの曇り　秋櫻子」の句碑があった。境内に入ると、すでに多くの人が見物に来ている。

いちにちのはじまる冷えの初桜　『二人』

しだれ桜の巨木が眼前に迫った。勢いのある八分咲きで、無数の枝が空から地面へ大滝のようにしだれ、薄紅色の花をびっしりとつけている。花の飛沫に圧倒される思いで、少し後ろから眺めると雲の切れ間から光が差し込み、「伏姫桜」が白々と鮮やかに輝きだした。以前、大風で幹が折れたとも聞くが、推定樹齢四百年の老大樹は衰えを知らず、枝の先々まで生気が満ち、息を呑む美しさだ。

師のさくらしだれて天地睦むかな　『二人』

風生師の句を刻んだ黒い石碑が、大きく開いた花の日傘に包まれるように静かに座している。昭和四五年に建立されて以降も眸先生は何度も足を運ばれ、俳句に詠まれてきた。句碑のもとから桜大樹を仰ぎ、遥かな師系に思いを馳せた。

弘法寺の墓地の裏道から切通しの道を下り、真間山下のバス停に出る。大通りを渡って、江戸川べりに出た。師の随筆の最後にある一文そのままに、まだ日が残っている川面は鏡照りして鳥の姿がくっきりと映っている。

鷗まだ翔べて河原の日脚伸ぶ　『十指』

夕日の映える川には、今、残り鴨が啼声を交わしつつ隊列を整え、北へ帰る準備をしていた。川の向こうは東京のビルが林立している。その中に群を抜いて光っているのは……平成二十二年春、建設中に日本一の高さとなった「スカイツリー」の鉄塔であった。

（「朝」平成二十二年四月号）

真間山弘法寺の「伏姫桜」

銀座の夏柳

夏燕夫の知る店どこも美味し　『冬』

この作品について先生は「銀座の画廊で、三橋敏雄さんの色短展があり、夫に蹤いてゆく。帰途、飲食店を二、三件まわる。五月の銀座はすっかり夏姿であった。昭和四八年作」と自解されている。読むうちに何か心が浮き立ってきた。

五月は銀座の一番美しい季節である。

今回は眸先生のお好きな銀座の街を、先生の俳句と共にぶらりと歩いてみよう。

まずは数寄屋橋の交差点に立って外堀通りを眺めると、一丁目から八丁目近くまで柳の並木が葉の若緑を風に靡かせていた。交番の裏、宝籤売り場前の藤棚は薄紫色の房を垂らしている。薫風が高速道路のガード下を吹き抜けていった。

婆さむし靴みがかねば拳の手　『朝』

三十年位前までは都心の大通りに靴磨きの職人をよく見かけた。この数寄屋橋のガード下にも必ず座っており、背広姿の紳士の黒靴を磨き、ＯＬのハイヒールの踵を直したりしていた。

スクランブル交差点を渡り、晴海通りを銀座四丁目交差点へ向かう。見上げると欅の街路樹が高々と枝を張っている。道沿いには海外ブランドの路面店が増えたが、それでも「千疋屋」や「あけぼの」など、昔からの店も健在である。

店先を眺めつつ歩いていると涼しげな音が聞こえてきた。銀座の夏の風物詩、江戸風鈴の屋台である。天秤棒に色鮮やかな硝子細工の風鈴が、風に軽やかに揺れていた。

四丁目交差点には、和光ビルの時計塔が今も銀座のシンボルとして聳えている。ショーウインドウの前には待合わせの人が立ち、老舗の三越も鳩居堂も、買い物客で賑やかだ。

さらに先、歌舞伎座へと向かうと改築される建物の前に、大勢の人がカメラを手にして名残を惜しんでいた。暫くは大瓦屋根、白壁ともお別れなのが寂しい。（※平成二十二年当時。現在は立派なビルに建て替った。）

大通りを右折すると、新橋演舞場の建物が見えてきた。

花散りて三味の白面翳りけり　『冬』

「東踊」と題しての作品。「東をどり」は新橋花柳界によって銀座の遅春を彩る、粋で華やかな催しだ。大正一四年に始まり、新橋演舞場で今も開催されている。戦禍で一時期途絶えたが間もなく復活。この作品は夏燕の句と同じ四八年の作である。

晔先生はかつて日本舞踊の名手で花柳流の名取、若い頃には元白木屋の舞台へ出演なさり、風生師も御覧になられたという。舞踊の造詣も深くいらしたに違いない。

現在の演舞場は昭和五七年に新築されたビルだが、かつての煉瓦造りを思わせる壁は、粋な街を今に伝えている。

演舞場を左手に見て、みゆき通りへと折り返す。途中、小さなお稲荷様の朱鳥居があり、昔ながらの呉服屋や和装小物店などもあり、粋筋の風情が今も息づいている。

中央通りを渡ると、洋菓子店で茶房のある風月堂の大きな硝子窓が見えてきた。磨き上げた玻璃いちめんに、街路樹の緑が映っている。茶房の中の人々は話に夢中なのか、私の視線に気づくこともない。

春日いま人働かす明るさに　『手が花に』

みゆき通りをさらに日比谷へと向かう。途中、泰明小学校のアーチ型の校舎が青蔦に覆われ、古城のような美しさだ。その前を若い女性たちが足早に過ぎて行く。「太陽という眩しく、丸い大きな掛時計が青天上から吊り下ろされ、その時刻は正午十二時を指している。その明るさが人々に働いていなければいられないような活力を与えているように見える」と師は、この句について語っている。

みゆき通りでの昭和六三年の作品。その頃、私もこの道沿いの広告会社に勤めていた。バブル期の只中、働く楽しさを謳歌し憂いも屈託もなかった頃。あれからもう二十数年になる。街路樹の白い花が、そろそろ咲くはずだ。

脇に入る細い路地は夜になるとネオンが瞬き別世界となるのだが、午後は人気がなく、しんかんとしている。一匹の野良猫が私を誘うように先を進んでいく。古い小さな蕎麦屋の引き戸の前に座り込んだかと思うと、隣店との隙間の暗がりの奥深くへすっと消えていった。

噴水の照総身に新社員

『一つ音』

コリドー街のガード下をくぐり、帝国ホテル脇へと出る。威風堂々とした建物で、格式が高く、名実ともに日本を代表するホテルだ。右側には宝塚大劇場。眸先生は仕事でお忙しい中、息抜きに宝塚歌劇を御覧になったり、この近くで食事や買い物をなさったらしい。

さらにまっすぐに進むと、日比谷公園に突き当たる。

公園内に入ると楠若葉が青々と茂っている。近くのサラリーマンだろうか、思い思いにひと時を過ごしていた。掲出の句のように、紺背広に噴水がよく映える。青空へ大噴水が勢いよく飛沫を上げたかと思うと、風に吹かれて水煙が靡く。緑の芝生が、初夏の匂いを立ち昇らせていた。

（「朝」平成二十二年五月号）

銀座四丁目交差点の和光ビル

水の香の水元公園

強風に川青ざめし遠桜　『冬』

「北窓から水元公園が見える。正確には川でなく沼かもしれぬ。勾玉形の水面は風の強弱によって毎日、その色を変える」。昭和四七年の作品で、当時のご自宅からの景色である。

私は早春に先生がお住まいだった金町駅前団地を訪れた際、高階から、その水元公園を遥かに眺めることができた。日に光る水面と縁取る緑が印象的で、いつか行ってみようと思っていたのである。

水元公園は先生にとって身近な吟行地で、折々に訪れていらしたらしい。菖蒲の花が見頃を迎える前に、私は水元公園を訪れることにした。金町駅から京成バスに乗り、「水元公園」のバス停に向かう。

停留所を降りると、「菖蒲まつり」の旗を持った地元の方たちが準備を進めている。歩いて数分、園内に入ると、水辺からの涼やかな風が吹き渡ってきた。
この公園は小合溜という遊水地に沿って造られ、森の中を大小の水路が園内を走り、水郷の景観を作っている。

水すまし平らに飽きて跳びにけり　『冬』

昭和四九年、水元公園での作品。岸風三樓先生が、「春嶺」の方々と吟行に来られ、「君も近いのだから出てこいよ」と誘われて参加されたという。
「見たままの景だが『平らに飽きて』は私の主観。この頃は体調も良くもっとも平穏な主婦の時代だったので、冒険がしたかったのかもしれない。まさか二年後に夫に先立たれるとは思っても見なかった」と後に述べられている。この広大な水辺のどこかで水すましが自在に跳んでいるに違いない。

胸にハンカチ水の香をもて余しをり　『矢文』

遊水地は水を満々と湛え、周囲の緑を映して青々と迫ってくる。水辺のベンチには人影がなく、釣り竿を仕掛けたまま、持ち主はどこにいるのだろうか。

日差しを避けて樹間の散歩道に入って歩いていても、足元の水路から水の気配が満ちている。青葦の茂みからは水鳥の鋭い声が聞こえた。

入口の右側の橋を渡ると、菖蒲園になっている。花の時期にはまだ早いと思ったが、菖蒲田には水が張られ、ほつほつと青い蕾が膨らみ、梅雨前の青空へ向かって濃い緑の葉をまっすぐ伸ばし、風になびかせている。

さらに奥へと進んゆくと、一茎、二茎と紫色の花菖蒲が開いていた。縮緬の風呂敷包みの結び目を今、解いたばかりのような美しさである。

菖蒲田の橋板に屈みこみ、しばらく花に見入っていたが、ふと、幼い子供の声に顔を上げた。三歳くらいの幼児と若い両親が楽しげに遊んでいる。

その向こうの池に白い花が咲いているのが見えた。睡蓮である。もう咲いているのか。驚きとともに、師のエッセイ「遠い睡蓮」を思い出した。昭和六三年『東京歳時記』より抜粋してご紹介しよう。まだ健在でいらした御主人と先生が水元公園にお寄りになったのは、梅雨明け近くの午後のことである。

遠く咲く睡蓮一つ去りがたし　　成瀬桜桃子

甲高い子供の声に驚くと、睡蓮の池のほとりに少女が遊んでおり、蝦蟹に指を挟まれたらしい。傍の母親が少女の手を持ち「ここが池よ、水がたくさんあって落ちると死んじゃうから危ないのよ」と教えている。父親の声に少女がふりむくと、その愛くるしい笑顔の両眼は盲いていたのである。少女の伸ばした手の遥か先には、紅白の睡蓮が美しく咲いていた。師は胸を突かれた思いで息を呑むと、御主人がしばらくして「痛い思いをしたけど蝦蟹は痛くて危ないということは覚えたんだね、あの子は……」とつぶやいた。蝦蟹は分かった、でも睡蓮の美しさはどう教えたらいいのか……。

御夫妻の優しさと睡蓮の可憐な美しさが心に残るエピソードである。水元公園は御主人との思い出の地でもあるのだ。

初秋や木立のすその水明り　　『俳句は日記』

後年、師はNHK俳壇の吟行でこの地を訪れ、右の句とともに著書『俳句は日記』に作句の心得を語られた。

「俳句を作りはじめのころは『悲しい』『寂しい』と直接言いたくて苦しい思いをするかもしれませんが、言ってしまうと底が浅くなってしまうのです。主観を直接的に表現しないでも、写生の中におのずから、作者の心情というものは滲んでくるものなのです。目を深くし、心を深くして、句を作ってください」と説かれている。

今は新緑の美しい水元公園だが、初秋の頃はまた、静かで美しいことだろう。木立のすそに秋草もそよぎ、涼やかな風に澄んだ水面がきらきらと輝いているに違いない。その頃にまた訪れてみよう。

緑を映した水明りの向こうに、先生の遥かな思いが浮かび上がってくるのだった。

（平成二十二年六月号）

水元公園の花菖蒲

祭の佃路地

八月の初め、佃島の祭を見ようと地下鉄月島駅を降りた。真夏の日差しが容赦なく、急いで片陰へ入る。

隅田川に面して海にも近いこの辺りは江戸の昔から漁師町として栄え、佃煮の発祥地としても有名だ。現在は周囲に高層ビルが建ち並ぶが、この界隈だけは昭和の風情をそのままに残している。路地には水が打たれ、戸口に植木鉢が並ぶ。いつしか浴衣や法被姿の老若男女が続々と現れた。

島で育つて天神髷のワンピース　『冬』

眸先生の第二句集『冬』に昭和四九年夏の作品中、「佃島十一句」と題された連作がある。細やかな描写で下町の暮らしを、祭の高揚感とともに生き生きと表現されている。師の句に導かれ、佃の祭を堪能することにしよう。

佃小橋の手前に鳥居が建ち、橋の両脇には太い柱に大幟が括られ、高々と靡いている。祭囃子も始まり、舞台はすでに調っていた。この柱は島に六本建つが、普段は橋の下、汐入川の川底に埋められている。三年に一度の本祭に掘り起こされ、江戸名物として広重の浮世絵にも描かれているという。

釣忍汐入川もほろびたる　『冬』

川には大小の釣り船が繋がれていた。赤い欄干の橋を渡り、住吉神社へと向かう。今日は、獅子頭の宮出しがある。

境内にはすでに見物の人垣ができていた。その前を真っ白な祭足袋、揃いの浴衣を尻端折りした年配の男衆が整列をしている。白髪のかなり年配の男性も多いが、背筋は真直ぐに伸び、さすがに姿が決まっている。鉢巻に白い紙を挟んでいるのは、お賽銭を包んだおひねりだという。

本殿から獅子頭が現れると、おひねりが飛び、若衆が勢いよく駆けつけ、獅子頭の鼻先めがけて殺到した。

祭手桶に加へて金盥親し　『冬』

境内で獅子頭の宮出しを終えると、各町の神輿が島中央の通りに出揃った。揃いの法被や浴衣姿が入り混じり、ごった返している。ここから獅子頭を先頭に各町を練り歩くのだ。

見物する女性や子供も地元の人ばかり、それぞれに祭姿で家族や幼馴染に手を振っている。うだるような暑さの中、老舗の佃煮屋では店先で水を振る舞っていた。紙コップの青い水が甘く、冷たい。

いよいよ、各町の神輿の出発である。

神輿荒れしあとならむ道ひた濡れて　『冬』

路地のあちこちには懐かしいポンプ井戸がある。この時期は脇に縁台が置かれ、桶や盥に汲んで水を打ち、涼を呼ぶ。

祭では神輿の担ぎ手に水を浴びせ、力をつけるのだ。辺りはびしょ濡れになるが、日差しですぐに乾いてしまう。

獅子頭や神輿の行列が橋を渡って出払うと、島内は急に静かになる。祭囃子は止み、蟬時雨の昼下がりとなった。

狭い路地はひっそりとし、簾越しに飲食の音が聞こえる。

祭足袋乾かすひまの三尺寝　『冬』

祭笠母の簞笥の前に置く　〃

軒に提灯を提げた各家の戸は開け放たれ、ふと見ると玄関先に遺影が飾られている。祭好きの先代の写真なのだろう。各所で爺様達の笑顔に出会う。二階家の物干し竿には祭足袋が干され、橋近くには昔懐かしい銭湯もあった。

銭湯のタイル磨いて祭の日　『冬』

神社の境内に戻ってみると、翌日の準備が始まっていた。百七十年経た古い神輿に替わり、新しい八角神輿が境内に据えられている。明日はこの神輿の宮出し、船渡御が行われるのだ。絢爛と輝く神輿に魅せられ、再訪を心に決めた。

神輿守りて青竹の横一文字　『冬』

次の日、夜明けの始発電車で神輿の宮出しに駆けつけた。

佃囃子の調子に乗り、若衆が勢いをつけ、腕を伸ばして八角神輿を高く掲げる。すると金色の神輿が朝の日矢を反射してきらきら輝き、さらに美しさを増した。そのたびにどよめきが起こり、何度も神輿は太陽へ向けて押し上げられた。

しばらく境内で披露されると、神輿は鳥居を抜けて隅田川の川岸へ向かう。祭衣の親切な老人に導かれ、運よく神輿のすぐ後ろについて行くことができた。

波除けに女首出す西日川　『冬』

神輿は運河を渡り、水門近くを過ぎる。運河沿いの家の窓から顔が見え、鉢の朝顔も見送っている。

佃公園の灯台跡を下りて神輿は隅田川の川岸に着く。ここから先、見物客は降りられないが、川にはすでに何艘かの船が待機していた。囃し方は船に乗り、楽を奏でている。

岸に到着すると担ぎ手達が再び気勢を上げ、その後神輿は神官達の待つ、広い台船に鎮座した。

周りを青竹や色鮮やかな旗で囲まれ、この世のものとも思えない美しさである。神輿を守る男衆は腕組みをして仁王立ちとなり、神主は歓声に応えて晴れ晴れと手を振る。そのまま船に曳かれ、朝日で輝く川面を滑るように静かに出航した。

隅田川に祭囃子が流れ、涼やかな風が吹き渡った。

（「朝」平成二十四年八月号）

佃住吉神社の例大祭「佃祭」

京都・化野から大文字へ

京都駅からバスに乗り、嵯峨野へと向かう。師の句を訪ね、今回は京都へと足を伸ばすこととした。

嵐山に向かうと山が迫り、桂川は白波を立てて勢いよく流れているが、炎天下の渡月橋には人影が少ない。さらにバスに乗り、鳥居本のバス停で降りる。立秋を過ぎたのに陽射しは容赦なく、五分と経たないうちに額に汗が出てきた。

ゆるやかな石段を登ってゆくと、静かなお寺に行き着く。化野《あだしの》の念仏寺である。

この辺りは、古来より葬送の地であったが、約千百年前、弘法大師が寺を建立し、野晒しとなっていた遺骸を埋葬したと伝えられる。後年、法然上人の常念仏道場となり、現在は浄土宗の寺である。


かかる小さき墓で足る死のさはやかに　『朝』

境内に踏み入ると、掌ほどの小さな石仏、石塔がびっしりと並び、陽射しに白々と灼けきっていた。その数八千体ともいわれているが、永い年月の間に無縁仏となったものを地元の人々が集め、配列したのだという。地蔵盆にはこの無縁仏の霊に蠟燭を供える千灯供養が行われる。茅葺の小さなお堂も見える。水子供養の地蔵尊だ。

秋風や墓見るための眼鏡拭く　『朝』
中年の双掌で愛す露の墓　〃

眸先生は昭和四二年の秋、はじめてこの地を訪れ、数々の作品を作られた。大病から生還された、翌年のことである。

眼鏡を拭き、蹲みこみ、両手で石に触れながら、名もなき墓に語りかける師の姿が目に浮かぶ。「死というものがきわめて身近だった頃」と自解されているが、当時の先生はこの場所で、無数のはかない命と、救われた自らの命を、感謝をこめて見つめていたのかもしれない。

師がそうしたように、私も膝をついて小さな石仏、石塔の一つ一つに蹲んで拝むと、それぞれの石が違う貌をもっていることに気づいた。日ざらしの石は白々と、木陰の石は頭に苔の花を咲かせている。

静寂を破り、蟬の声が念仏を唱えるように聞こえてきた。鎮魂の蟬声が響く念仏寺の墓地を後にし、石畳の道を祇王寺へと向かった。

尼寺の障子昏るるに刻かけず　『冬』

春の霜老尼の襟のゆるみなし　〃

祇王寺は紅葉の庭で有名だが、苔の緑も大変美しい。茅葺屋根の建物の前庭は苔に覆われ、宝石のように輝いていた。白拍子祇王の悲しい物語で有名な尼寺だが、ひっそりとした佇まいは今も人々を魅了し続けている。

眸先生はその後、毎年のようにこの嵯峨野をはじめ、四季折々に京都を訪れて俳句を詠まれた。句集『朝』『冬』には京都での作品が多く見られる。

この旧盆の時期、京都を彩る行事といえば、五山の送り火であろう。大文字、妙、法、舟形、左大文字の五文字が京の都の夜空に浮かび上がる。師にも昭和五十年に、大文字を主題とした京都での多くの作品がある。今回、私は加茂川土手から大文字を見ることとした。

人居ずや居り大文字の火のあたり　『冬』

何かある大文字暗きひとところ　〃

京阪電鉄出町柳の駅から橋を渡り、加茂川の西岸へ出る。点火の二時間近く前だというのに、河原はすでに多くの人出で賑わっている。土手沿いに腰を下ろして見上げると、橋の向こうに如意ヶ嶽が大きく聳えていた。

夕方になると河原には風が立ち、さすがに涼しい。浴衣姿の若い女性や子供連れ、外人の団体客……思い思いに河原の石や草に座し、歓談しながらその時を待っている。

午後七時半を過ぎると辺りは闇に覆われ、山の輪郭も夜空に掻き消えた。山の端に時折、点滅の合図が見えると、いよいよ胸の鼓動が高まり、団扇を煽ぐ手の動きも早くなってくる。周囲の人々も期待に言葉なく、しんと静まり返っている。

午後八時、真っ暗な空に、ぼうっと赤い火が点き、見事な大の字が浮かび上がった。あちこちから歓声が上がり、拍手が沸き起こる。カメラや携帯電話で撮影する音も賑やかだ。

ひた走る大文字の火の一の筆　『冬』

筆勢の余りて切れし大文字　　『冬』

山肌に白煙を上げながら赤い炎が躍り立つ。

師の句のように、まさに「ひた走る火の筆」である。なんと美しく力強い表現であろうか。最初は点であったのが、筆の勢いよく、夜空をまるで文字に命があるように、太く赤々と燃え盛る。たちまち黒々とした山裾に向け、大の文字が勇壮に広がっていった。

周囲の歓声や人々の輝く眼を見て思う。送り火は、死者の魂を送るものだが、生者にとっては命の輝きでもある。かつて眸先生が御覧になった大文字も、生きる魂の輝きだったのではなかろうか……。

夜空を見つめていると、いつのまにか大の字は細くなり、点線となってゆく。心の中に大文字の火がいつまでも消えないように……。最後に消えるのを惜しみながら、炎の残影を胸にして、私は河原を立ったのであった。

（「朝」平成二十二年九月号）

京都・仏野の念仏寺境内

鎌倉、紫陽花の風

鎌倉駅を降り、すぐ駅前からバスに乗る。

梅雨の晴れ間とはいえ、海が近いためか日差しが強い。年配客の多いバスの中は帽子やサングラスをしている人も多いようだ。鶴岡八幡宮を右折すると道沿いの家々の門には紫陽花が咲き、疎水の流れがきらきらと輝いている。杉本寺、報国寺、浄妙寺……鎌倉屈指の名刹が並び、観光客が次々に降りてゆく。乗客が減ってきたが、今日の目的地はその先である。

バスは終点地、鎌倉霊園太刀洗門に着いた。この地に眸先生のご主人・曽根けい二氏が眠っておられるのだ。お盆も近く、お墓参りに伺ったのである。

冬の靄夫すこやかな夜のごとく　『二人』

喪主といふ妻の終の座秋袷　〃

けい二氏が亡くなられたのは、昭和五一年の秋。十月七日の夜に金町のご自宅で倒れ、翌朝、帰らぬ人となった。その直後の師の作品の数々は、痛ましい限りである。享年四五歳、あまりにも早い死であった。

疲れては睡り覚めては秋深し　『二人』
秋の夜の酒諌めしは罪なりしか　〃
残りしか残されゐしか春の鴨　〃
まぼろしと居て泣き笑ひ盆三日　〃

句集『二人』の行間からは、抑えた筆致の中に、悲痛な想いが溢れ、今も読む者の胸にひしひしと迫って来る。残された者の重い現実が、その句の中に見られるのだ。

この鎌倉に埋葬されたのは、五一年の冬。「生前、約束したこととて、夫の実家の諒承を得て二人きりの小さな墓を鎌倉につくる。十二月三日埋葬、鎌倉がにわかに親しい地となる」と述べられている。

その後、師は折々にこの霊園を訪れ、数々の作品をお作りになっている。若く甲斐がいしい様子が目に浮かぶが、何と哀しい姿であろうか。

墓どれも膝抱く低さ冬日射　『二人』

おろおろと灼けたる墓に手を尽す　〃

下萌や墓といへども夫の許　〃

われ死なば絶ゆる墓守り秋袷　『母系』

鎌倉霊園の太刀洗門から入ると、すぐ庭園となっており、よく手入れされた花壇に迎えられた。

大きな麦藁帽子の女性達が、あちこちで草刈りをしている。広い敷地内には小川が流れ、橋を渡ると視界がぐるりと開けた。近代的な集会所の建物を中心に道が伸び、山の中腹が霊園となっているのだ。墓地というと暗い印象があるものだが、ここは広々と明るく、緑と風の豊かさに驚く。

夫死後の強気弱気や七変化　『二人』

集会所から供花と閼伽桶を手に、ひとり墓地の階段を登って行く。所どころの木陰にベンチや花壇があるが、ちょうど紫陽花が今を盛りと美しく咲いていた。まだ濡れている葉と共に、青や紫の鞠が空へと盛り上がるようだ。
なだらかな丘に芝生が広がり、墓石が整然と並んでいる。見晴らしのよい丘の中ほどの区画に着く。青々とした芝の真ん中に、黒御影石の墓碑がひときわ照り輝いていた。

頂に虫封じ寺蜜柑山　　けい二

今日よりは夫のおほぞら霜の花　　眸（『二人』）

石碑には、けい二氏と師の句が仲睦まじく並んで刻まれている。俳句で結ばれたご夫妻らしい碑銘である。夏の日差しで灼けた黒石にたっぷりと水を差し上げて献花し、青芝に深々と伏して祈った。

暖かく墓に貌あり待たれをり　　『矢文』

かげろへる墓山に手を振り返す　　〃

春服を褒められたくて墓へ行く　　『流速』

本当は捨てられしやと墓洗ふ　　〃

十年、二十年と春秋を経て、師のゆるぎない愛は、お墓への温かな眼差しとなって表現されてきたのである。

最後の一句は二三回忌の頃の作である。墓前の先生は、なんと可愛らしい女性なのだろう。作品や指導の素晴らしさはもちろんだが、その心栄えこそ、私たち弟子がお慕いする由縁である。

すでに三十数年を経てはいるが、師の胸には、いつまでもご主人の笑顔が棲まわれているに違いない。

お盆の準備だろうか、芝刈機の音が園内に響く。今年はじめて聴く蟬の声が、一段と高くなってきたようだ。

墓石を後に、日傘をひろげて墓地の階段を下ってゆくと、一陣の風がさっと背中を押した。汗ばんだ肌が吹き清められ、全身が透き通るような心地よさだ。ご主人からの贈り物かもしれない。振り向くと、鳶だろうか、はるか山の上を一羽の鳥が大きく旋回していた。


（「朝」平成二十二年七月号）

鎌倉霊園の紫陽花

春の柳川、太宰府の梅

春まだ浅い朝、福岡市内の天神駅から西鉄特急電車に乗る。九州といっても日本海側の福岡は曇りがちで肌寒かったが、やがて空も晴れ、筑後川の鉄橋を渡ると、春の日差しが川幅いっぱいに煌めいていた。車窓には筑紫平野が広がり、麦畑の鮮やかな緑色がまぶしい。

しばらくすると水郷地帯となり、水路沿いに菜の花が咲いている。列車は柳川駅に到着した。

眸先生がこの柳川を訪れたのは昭和五三年の春。「若葉」の大会が鹿児島であり、その折に寄られたのだという。鹿児島では次のような作品がある。

掛了へし袋にはやも火山灰埃　『二人』

旅なれや野芥子の絮を掌に吹きて　〃

ご主人を亡くされて一年半後、寂しさを旅で癒そうとされたのだろうか、句集『二人』は各地の旅先での作品が多い。

さて柳川といえば、詩人北原白秋の故郷であり、かつて多くの文人も訪れた、風情ある古い城下町である。町中を水路が縦横に走り、その川下りは旅のハイライトだ。文人ゆかりの白壁の建物前にある乗船場から、どんこ舟に乗ることにした。師もきっと乗船されたことだろう。

春暁の音乗りはじむ川の上　『二人』

川面はうららかな日差しを浴び、きらきらと輝いている。笠を目深に被った年配の船頭が長い竹竿をぐいっと押すと、光の先へと滑らかに舟が動き出した。そのまま静かに舟は進んでゆく。舳先近くに座ると、川風が心地よい。両岸の柳の枝がしだれ、萌黄色の芽が靡いている。「色にして老木の柳うちしだる我が柳河の水の豊かさ」白秋の歌碑も見えた。

一つ川使ひて町や初燕　『二人』

水路の石垣は、古い所は四百年にもなるという。身を屈めて石橋を潜り、舟は掘割に入ってゆく。今も残る蔵のなまこ壁が美しい。民家の庭には橙の実がたわわに実り、鳥の姿もあちこちに見える。ちょうど雛祭の頃で、水辺に雛壇を出している所もあり、木々の緑と毛氈の緋色が水面に映えていた。「春の柳川よかところ……」船頭の唄声が響いた。

家裏といふ親しさの水温む　『二人』

舟の幅やっとの古い石橋を潜ると、生活の匂いのする水路に出た。家々の裏手となり、どの家も小さな石段がある。昔はここで濯ぎ物をしたのだろう、見上げると洗濯物が干されてある。「家裏」とはまさにこの場所であり、季語に納得して頷いていると、先をゆく舟から歓声が上がった。

行く手を見ると、橋の上に乳母車が止まっていた。先を行く舟が橋の下を潜る時に外人客が手を振ると、赤子が笑ったらしい。ほのぼのとした景色であった。畔先生がいらした折もきっとこんな暖かな春の一日であったことだろう。

舟は旧柳川藩主立花家の別邸である「御花」庭園へと進む。別邸の、その堂々たる佇まいにかつての栄華が偲ばれた。

旅人となりきる春の夜の地酒　『二人』

その日の夜は福岡に戻り、私もこの句のように春の夜の旅人になりたいと、旬の白魚で地酒の焼酎を飲む。透き通った身の小魚が口中で跳ねたが、すぐに喉を通る。少し淋しい味がした。

翌日は、太宰府へと向かう。

紅梅を人の香よぎる日射かな　『知己』

先生が太宰府天満宮にいらしたのは平成七年二月。ＮＨＫＢＳ吟行俳句会の中継句会に出演されたのである。

太宰府天満宮は菅原道真公を祀る神社で「東風吹かば匂ひおこせよ梅の花……」で有名な梅の名所でもある。今年は例年になく梅の開花が遅れたが、本殿近くにある白梅の「飛梅」だけはいつも通りに咲き始め、すでに満開であった。

この日は古式ゆかしい「曲水の宴」が催される日で人出も多い。参拝を済ませると本殿裏手の梅園へと急いだ。梅園には眸先生の恩師・富安風生師の句碑がある。碑は奥へ続く石段の、日のよく当たる小高い場所にあった。青い石碑に、まだ三分咲きだが、紅梅の枝がしだれていた。

紅梅に彳《た》ちて美しき人の老い　　富安風生

句碑の説明文によると、この句は師・高浜虚子の古希賀宴にのぞみ、師を讃えて詠んだ作品。風生師は大正七年に福岡貯金支局長として赴任し、この地で俳句の道に入られたという由縁もあり、ここに紅梅の句碑が建立されたのだと言う。

句碑の前に立ち、前出の眸先生の作品にある「人の香」とは、風生師の面影のことでもあるのだと、はっと気がついた。

仰ぐとき紅梅と雲相触れし　　『知己』

眸先生は句碑と紅梅、雲をしみじみと仰がれたのだろう。「相触れし」の表現に何ともいえない親しさが感じられる。

はるばると来た旅先の空の下、梅の花に風生師を偲び、さらには先師、虚子へ敬意をこめ、思いを馳せられたに違いない。
遥かな師系を思い、私もしばし梅の香の中を佇んでいた。

（「朝」平成二十四年三月号）

柳川の川下り

Ⅱ　雲の峰

横浜「朝」の船出

横浜から地下鉄みなとみらい線に乗り、「日本大通り駅」で降りる。ひんやりとしたモダンな空間は、まるで地下の未来都市のようだ。エスカレーターで地上に上がると、そこは一変して、昔ながらの石造りの古いビルであった。

通り沿いの銀杏並木の青葉から洩れる夏の日差しがまぶしい。風が少し湿っているのは、海に近いからだろうか。

秋立てる港の音の中にゐる　『十指』

石造りのビルの角を銀杏並木に沿って行くと、ビルの脇に弁当屋の車が停まっていた。ちょうどお昼どき、近所のサラリーマンの声が聞こえた。「今日のおかずは何？」「野菜炒めです」。ここは、県庁や裁判所をはじめ役所や銀行など、横浜オフィス街の中心地なのである。お昼休みのＯＬ達に並んで歩いていくと、「朝日新聞社」の看板が見えた。石造りではないが、年季の入った立派なビルである。

花過の港働く波ばかり　『母系』

南風吹いて波止場雀の落ちつかず　〃

昭和五二年、この朝日新聞社横浜支局の一室で、朝日カルチャーセンターの俳句教室が開講され、岡本眸先生は講師として訪れることとなった。教室の会場はのちに横浜駅近くに移ったが、当初はここで初心者を中心に十五、六名の講座が始まったのである。

師も弟子も、みな若く作句に意欲的で、やがてカルチャー一期生、二期生が中心となり、グループで勉強会「朝の会」（のちの「横浜朝の会」）が始まった。これが主宰誌「朝」創刊への第一歩として大きな礎となったのである。

ご主人がお亡くなりになってまだ間もなく、眸先生は心機一転、俳句を杖に人生を切り拓くことになる。横浜は、その出発点となった地なのであった。

雲の峰一人の家を一人発ち　『母系』

「朝」が創刊され、朝日カルチャーの教室とともに、師は「神奈川朝の会」例会でも指導をされた。その会場であった「波止場会館」（旧港湾労働会館）へ向かうことにしよう。港らしい古い建物が残る海岸通りを曲がり、市内でも一番古いという教会のある広場に出る。

シルクセンター・ビル前に小さな噴水があり、反対側の角には瀟洒なレストランSがある。そこから噴水を眺めるのが好きだと、先生はエッセイに書かれていた。広場に人影はなく、噴水は潮風に吹かれるままである。

レストランSの裏、港すぐの海辺りに波止場会館はある。6階建ての建物で、窓からは大桟橋から手前の船溜りまで、眼下に働く船の様子が見える。先生もここから港を眺められたことだろう。ふと見ると海岸沿いに遊歩道ができていた。先生の句を想いつつ港沿いを歩いてみることにしよう。

日傘行きメリケン波止場古りにけり　　「朝」平成十三年

遊歩道を煉瓦倉庫へと向かう途中に、象の鼻と呼ばれる公園がある。ここはかつて生活舟などが溜まり、さびれた風情があって先生はよく佇んでいらしたという。今は綺麗な公園となり、遊覧船が停泊していた。

海沿いに山下公園へと向かい、大桟橋や遠くの船を眺めていると、水先案内の船だろうか、小型船が湾内に戻ってきた。甲板の上で男が二人、立ったまま何やら話していたが、岸壁に近づくと、そのままひょいと飛び降りた。一方、桟橋に近い船員相手の食堂では、お昼の客足が退いた後らしく、外でコックが煙草を燻らしている。

「船も人も、働く景は若くすがすがしい。海の活気、人の活力の混沌とした魅力である。いつも心励まされる景なのである」と師がエッセイで語られた景が、今も眼前にあった。

港いま働きざかり秋の蟬　『十指』

山下公園に入ると、鬱蒼とした木々の緑に覆われ、蟬が今を盛りと鳴いている。森を抜けると、水甕を抱えた女性像の噴水があり、その飛沫の先に、氷川丸の白い船体が現れた。

陸に繋がれ、航行することはないが、今も横浜のシンボルとして堂々たる雄姿を誇っている。

船と海を眺めているうちに、ポツポツと雨が降ってきた。公園前に、異国情緒の残るホテルニューグランドの石造りの窓が見える。雨宿りをかねて一休みしよう。

白桃や遠き燈下に濤あがり　『矢文』

遊船の流燈めける波のいろ　〃

ホテルのカフェの窓辺で、雨に濡れた髪を拭きつつ、熱い紅茶をすする。かつて眸先生は夏になると、港近くのホテルに逗留されて、お仕事をされていたと伺った。青葉の銀杏並木や波止場風景に、避暑気分を楽しんでいらしたのだろう。

右の遊船の句はこのホテルの食卓から港の夜景を詠まれたものだ。船の灯が波に揺れ、美しくどこか哀しい景である。

窓越しの木々の合間から港が見え、出航の汽笛が聞こえてきた。しみじみと旅情あふれる音色である。雨も上がり、港の夕べはまだ明るさを残していた。

（「朝」平成二十二年八月号）

横浜山下公園から見る氷川丸

川越祭の夜

秋も深まった十月半ば、川越の町を訪ねた。

晔先生は若い頃から川越や埼玉県内を吟行されており、多くの作品を残されている。かつては「若葉」の同人・高田秋仁氏のご案内でしばしば訪れられたという。句集『朝』の昭和四一年の作品「泉より数歩たちまち烈日下」は、川越へ吟行された折のものだ。川越は東京からも近く、金田きみ子さんはじめ「朝」埼玉支部の皆さんのお世話で吟行会が開催されたこともある。

まずは名刹、中院を訪ねる。川越のお寺といえば喜多院が有名だが、同時期の天長七年（八三〇年）に慈覚大師によって創立された古刹で、ここに高田秋仁氏のお墓がある。山門をくぐると庭木がよく手入れされ、しっとりとした佇まいであった。すぐに堂裏の墓地を訪ねた。

深閑とした墓地に墓碑銘を探してゆくと、立派な黒い御影石の「高田家」墓があった。椿の木が植えられ、実が弾けている。墓石裏を見ると、確かに「秋仁」の文字が読めた。

君逝きて秩父夜祭誰と見む　『二人』

星空の逮夜の道の罐焚火　〃

煖炉燃ゆ追慕の言葉ときに荒し　〃

昭和五三年「高田秋仁さん逝く」と題した二句と、続いて追悼会での作品である。墓誌に「五十九才」とあり、早かった兄弟子の死を、師はどんなに嘆き悲しまれたことだろう。

墓地には秋風が吹き、昼の虫が鳴いている。

高田秋仁恋へば弱気に雨の虫　『母系』

翌年に川越で故人をしみじみと偲ばれた作品である。

菫挿しこの墓誰を加へたる　『知己』

墓訪うて野遊めくを容されよ　『知己』

十数年後の平成三年の春にこの中院の墓前で詠まれた作品だが、年月を経ても先生の氏への追慕の想いは変わらない。

墓前に深く礼をして立ち上がると、古い蔵造りの町並みへと足を向けた。

小江戸と呼ばれる川越は、かつての江戸の風物が残されている。川越祭もその一つで、江戸時代からの祭礼を今に残し、国の重要無形民俗文化財に指定されている。

今日はその当日。市内の各家の軒先には紅白の幕が張り巡らされ、大通りには食物の屋台がびっしりと続く。蔵造りの町並みは大勢の人で賑わっていた。

瓦屋根の立派な建物を見回していると、北側の札の辻が何やら騒がしい。山車の巡行、曳き回しである。

行列は露払いを先頭に、手古舞衆が黄八丈のたっつけ袴をはき、練り歩く。後を揃いの装束の曳き手が続き、鳶が山車を囲む。

山車は鉾山車で、台の上に二重の鉾を組み、上層に人形が乗っている。高さは八メートルを超し、幸町の翁、六軒町の三番叟など、町ごとに人形が違い、それぞれに豪華な趣向を凝らしている。鉾の前面は小さな舞台となり、お囃子を演奏し、舞を披露するのだ。
十台の山車が通りを巡行し、人形が屋根瓦を見下ろして静々と曳かれて行く様は、まさに圧巻である。

山車蔵ふ金剛力の声合はす　『冬』

昼の曳き回しが終わると、夜の山車の「曳っかわせ」が始まるまで、少しの暇がある。横丁に入り、老舗の鰻屋で夕食を済ませることにした。店内から格子戸越しに通りの様子が窺える。店の人も通りを行く人もみな、どこかそわそわした気配である。うな重の美味しさもそこそこに店を出ると、すっかり夕闇となっていた。少し辺りを歩いてみよう。

吊鐘の真下の奈落昼の虫　『母系』

木造りの鐘楼、「時の鐘」が濃紺の闇空に大きな影を作っている。晔先生もこの鐘を見上げたのだろうか。

ふと、法被の肘を張って悠々と歩く老人の後姿が見えた。どこへ行くのかと後をついてゆくと、薄暗い路地を抜け、その姿は小さな鳥居のある会所へ消えた。奥に灯が点り飲食の声が幽かに聞こえる。表通りの喧騒が嘘のような静けさだ。師の句を思い出し、しみじみとした風情に浸った。

山車蔵ふ灯を高吊りに良夜なる　『冬』

山車降りる終の一人は老なりし　〃

表通りに戻ると、木遣りの声が聞こえてきた。いよいよ、祭はクライマックスを迎える。山車には提灯が沢山着けられて、昼とは違う幻想的な美しさだ。

宰領が拍子木をコーンと打ち、その合図で一斉に山車が動き出した。山車の中から笛、鉦、太鼓の音が響き、面を被った踊り手が鉾から身を乗り出して舞う。

山車が別の山車に出合うのが「曳っかわせ」である。山車が向き合い、競い合うようにお囃子の調子が高まり、踊り手の動きも激しくなる。曳き子も提灯を手に気勢を上げ、囃子が入り乱れて最高潮に達する。辻のあちこちで二台、三台と山車の灯が揺れ、曳っかわせが続くのだ。

こうして川越の夜は更け、遅くまでお囃子の音が響き、逝く秋を惜しむのであった。

（「朝」平成二十三年十一月号）

川越の蔵造りの町並をゆく山車

初冬の日本海

「私は初冬の北陸が好きで毎年のように訪れる。ことに海沿いの小さな町の風景や日常の生活ぶりに、どこか父母の世に通ずる懐かしさを覚えるのである」（『栞ひも』より）

その言葉のように、眸先生は度たび初冬の北陸を旅し、数多くの句を作られている。また、「朝」発足当時から関係の深い方が多い。冬を待ち、富山・魚津を訪れることにした。

上越新幹線に乗り、越後湯沢駅で乗り継ぐ。特急「はくたか」に乗ると、雪を冠った峰々が迫ってきた。茫々とした川や冬枯れの景色を眺め、長いトンネルを過ぎると、日本海に出る。青々とした冬の海に心躍らせると、富山駅に着いた。

ねんねこや生れし日よりの日本海　　『冬』

ホームを降りると、すぐに温かな笑顔に出迎えられた。

「朝」富山支部代表の同人・長沼三津夫氏、奥様の百合子さんである。今回初めての地で右も左もわからない私を、ご案内をしてくださることとなったのだ。

先生の北陸行きは漆器商だったご主人との旅に始まり、右の句は昭和四八年の作だが、長沼氏と兄上長沼紫紅氏との出会いからご縁が深まってゆく。

昭和五一年、初対面の時は改札口で目印の俳誌を手に出迎えられたという。先生は亡き夫君・けい二氏とご一緒だった。三十年以上前になるが、ご夫妻の笑顔は今も変わらない。

「海を見に師の来る頃よ障子張る」は百合子さんの句である。思い出話を伺いながら富山市内を案内していただいた。

富山市は日本海を抱き、後ろに立山連峰が聳え立つ。その港は江戸時代から、北前船の起点として、北海道から上方へ交易し、多くの富と文化をもたらした。今も残る回船問屋「森家」の屋敷や古い町並みに、往時の栄華が偲ばれる。

現在も国際港として外国の船が多く着岸する。この日もロシア語の刻まれた大きな貨物船が波止場に泊まっていた。

極月の尾羽打枯らす鳶の舞

『母系』

広い湾に建設中の大きな橋があり、その下に渡し船の発着場があった。港の対岸に渡る無料の定期船である。市民に親しまれており、私達も早速乗ることにした。船室は暖かく、買い物袋を提げた主婦達はおしゃべりに余念がない。自転車を押して乗ってきた少年達と共にデッキに上がると、すぐに出発である。港を見渡しながら潮風に吹かれ、ものの五分で対岸に着く。自転車が勢いよく船から飛び出して行った。

港を横断する大橋が開通すると、この渡し船も廃止になるという。交通の便は良くなるのだろうが、少し寂しい思いがする。あの少年達にとって記憶の船となるのだろうか。

日当りて沖の寒さを身近にす

『母系』

港から海岸沿いを少し行くと、松林の美しい砂浜の海岸となった。江戸時代からの風情を残す、古志の松原である。

長沼氏のお住まいからも程近いこの海岸が眸先生のお気に入りの場所で、よく散歩にいらしたと聞く。松は黒々とした幹を傾げ、枝を大きく海へと広げていた。松林を抜けると砂浜の向こうに日本海が広がった。きっぱりとした群青色の海は白波を立てて打ち寄せる。さらに海に向かって右側、松林の向こうには屏風のような立山連峰の雪嶺が見える。青と白の対比が鮮やかだ。雪が降る前、初冬の季節だからこその美しさなのだろう。

しかし潮風は強く、冷たい。目をつむり師の句を唱えた。

目つむりて己れあたたむ冬の旅　『十指』

「……沖を見つめていた私は、思わず目をつむった。……閉じた瞼の温もりが白湯のように体内にひろがってゆくのを感じた。目をつむるということがこんなにも温かなものなのか。それは驚きであり感動であった。この感動の底流には、数年前に夫を亡くした孤独感があることは否めない。が、私は『冬』という季節が教えてくれた自愛のこころであると思っている」(『栞ひも』より)

この地に佇ち、師が実感に即して選び抜かれた言葉である。目を閉じたまま、「冬の旅」の真意に思いを馳せた。

目覚むれば障子開くれば日本海　『知己』

古志の松原の一角に先生が定宿にされた割烹旅館があり、今回、私も泊まることとした。ひっそりとした佇まいは、親戚の家のようでどこか懐かしく、女将さんのてきぱきとした応対が気持ちよい。そして何より食事がおいしい。近海で獲れる新鮮な海の幸はとびきり美味で、中でも寒鰤の焼き物は、米どころのご飯がすすむ絶品であった。

海の日を使ひ余さぬ冬支度　『母系』
冬浜に火を焚く何か育てたく　『十指』

翌朝、波音に目を覚まし、朝食前に海辺に出てみた。海岸に暮らす人々の朝は早い。宿の裏では冬の準備だろうか、枝を集めて薪に束ねていた。

浜菊が凍えるように低く咲く垣を越えると、砂浜である。砂に深い足跡をつけながら波打ち際まで行くと、焚き火の跡だろうか、流木を組んだままになっていた。荒涼とした海に向かって、闇の中を誰がどんな思いで炎を上げたのだろうか。

海上には烏賊釣りの漁船が漁から戻り、外国の貨物船やタンカーも港へと向かっている。活気ある冬の海の朝が始まっていた。

（「朝」平成二十二年十二月号）

古志の松原の海岸

魚津の冬日和

富山湾を見渡す浜辺の宿を出発して、海沿いの道を魚津へと向かう。雲ひとつない冬晴れで、案内してくださる長沼三津夫氏の笑顔も明るい。魚津は氏の故郷であり、思い出話などを伺いつつ車は常願寺川を渡り、海岸線を東へと走ってゆく。
この辺りは二月から三月にかけて高波が押し寄せる。寄り回り波と言い、日本海の波が富山湾を回って押し寄せるのだという。雪も多い頃だろう。眼前の大きなテトラポッド群に、その飛沫の凄まじさを想像した。

蟹籠にこころの雪を降らしづめ　『母系』
脚結び干して正月用の烏賊　〃

しばらくすると、滑川漁港という小さな港に出る。
烏賊釣りの電球を沢山吊るした漁船が停泊していた。岸壁では朝の漁を終えた漁師達がゆっくりと煙草を燻らし、まだ若い漁師たちは日向で談笑しながら漁網を繕っていた。

さらに先へ行くと、早月川の河口に着く。

浜へ続く川沿いを一歩踏み出したとたん、はたと立ち止まった。茫々とした枯色の道、碧い海……初めてなのに、この景色には見覚えがある。

そう、先頃出版された眸先生の写真集『四季逍遥』の表紙の写真を撮られた場所なのだ。コート姿の先生が鮮やかに目に浮かぶ。すぐ脇の砂洲には、白い海猫の群が賑やかに羽ばたいている。

海猫鳴くや会ひて淋しくあたたかく　『十指』

河口は川と海との接点である。川波と海の波が、果てのない攻防戦のように勢いよくぶつかり合う。やがて睦み合い、砂混じりの明るい碧色となり、深い紺色の沖へと続いてゆく。

川には鮭を捕らえる簗が仕掛けてあった。しかし銀鱗の姿は見えず、ごうごうと寂しい水音を立てるばかりであった。

しばらくは恋めくこころ蜃気楼　『知己』

魚津市に入り、魚津漁港の近く埋没林博物館の前に、眸先生の立派な句碑が冬の日差しを浴びて燦々と輝いていた。平成六年、地元在住の長沼紫紅氏はじめ「朝」富山支部の方々の熱意によって建立された句碑である。

碑文に「眸先生は北陸の風土に親しみ、魚津の美しい自然と人情をこよなく愛されている。この句には先生の魚津への賛美と敬愛の思いがこめられている」とある。黒部峡谷から伐り出した閃緑岩の碑を撫でつつ、皆様のご苦労を想った。

富山支部の発足は、昭和五六年のこと。宇奈月温泉で行われた発会には先生をはじめ、東京や横浜からも多くの会員が駆けつけ、発足をお祝いした。眸先生はその後、毎年のように現地の句会にもおいでになったのである。

大枯の地や突堤を押出だし　『十指』

漁港からは有名な蜃気楼がよく見えると聞き、港を囲む長い突堤に出て、沖を眺めてみる。残念ながら蜃気楼は見えなかったが、釣糸を投げる音がひゅうっと鳴った。

突堤は釣り人が多く、絶好の日和なのだった。港を振り向くと、家々の向こうに白々と雪を冠った連峰が聳え立っている。立山（雄山）、剣岳、大日岳……名峰が神々しい姿を現していた。

枯野バス通ると聞くも遂に見ず　『十指』

魚津漁港を後にしてまた海沿いを行くと、黒部市の生地海岸がある。眸先生がたびたび訪れた鄙びた漁師町だ。

海岸沿いにすぐ家並みがあり、生活の匂いがする。総二階家が多く、古い板張りの家も残っているのだが、どれも海側には窓がない。海に背を向けるようにして屋根を寄せ合って建っているのである。その佇まいに、厳しい冬の暮らしぶりを垣間見る思いがした。

山を来て海辺に泊つる冬帽子　『手が花に』

生地浜の近くには生地温泉があり、詩人・田中冬二の実家でもある老舗旅館に眸先生はよくお泊まりになられたという。

今回はその前を通り、翡翠の原石が打ち上げられることから別名ヒスイ海岸と呼ばれる宮崎海岸まで足を伸ばした。

その名のように碧く澄んだ海と、足元の色とりどりの浜砂利が美しい。波に洗われ、赤、碧、紫、小さな石が宝石のように光り、波が退く時は宝箱がザザーッと海底に引き込まれるように響く。海岸の先には親不知の岬が見えていた。

鱈舟や雲むらさきに荒れはじむ　『十指』

ここは鱈汁でも有名らしい。海岸沿いの店に少し遅い昼食に入ると地元の客で賑わっていた。鱈汁は冬のご馳走である。鉄鍋の木蓋を開けると湯気が濛々と立ち上がる。味噌仕立ての優しい味に、潮風で冷えた身体も一気に温まった。

寒波来川は細身にひるがへり　『手が花に』

師の句を辿る北陸の旅も終盤である。

富山に戻る途中、川を幾筋も渡った。北アルプスの雪解け水を日本海へと流し込んでいるのだ。最後に神通川で美しい夕日に向かった。

暮れゆく川をみつめ、師の言葉を思い出す。「北陸の町にはどこか淋しさがある。が、それは淋しさというより人を待つやさしさに通じるもののように思われる」
　大自然の身近さと人々の温もりこそ、師が愛したものだろう。

（「朝」平成二十三年一月号）

平成17年早月川河口にて師・岡本眸。『四季逍遙』より

池の端、鴨のこゑ

「地下鉄千代田線の湯島駅の階段を登って地上にを出ると、目の前にこんもりとした木立に囲まれた神社がある」

昨先生のエッセイ「池の端かいわい」(『川の見える窓』)の冒頭だが、その名文に導かれ、晩秋の一日、湯島から上野不忍池へと出かけた。この界隈は、下町生まれの昨先生が若い頃からよく訪れた場所でもあり、数多くの句を作られている。

湯島天神への坂は男坂、女坂とあるのだが、坂下には昔懐かしい氷屋や惣菜屋があり、下町の風情が残っている。

男坂の石段を登って行くと、脇に疎水が流れていることに気づく。細い流れが、きらきらと秋日に輝いていた。

障子洗ふ神の裾垣濡らしづめ

『川の見える窓』

坂下へ振り向くと、梅林越しに古い板壁の二階家が見えた。引き戸の玄関の前は綺麗に掃き清められ、今も昔ながらの暮らしが息づいているかのようだ。

神社境内では菊花展の準備をしていた。近頃は受験の神様として名高いが、若い男女から年配の夫婦、親子連れ、修学旅行の学生など善男善女がそれぞれに参拝をしている。

落葉二枚拾へば坂の恋めける　『川の見える窓』

湯島天神を本郷通りへ抜け、不忍池へと向かう。

途中、岩崎邸の入り口があり、そこを過ぎると煉瓦塀沿いを左手に登る坂が「無縁坂」である。森鷗外の名作『雁』で、医学生岡田と金貸しの妾お玉との淡い交流が描かれた舞台だ。

坂の南側は明治の昔から変わらず岩崎の邸であり、「邸内の雑木林は今も生いしげるにまかせ、落葉するにまかせてある」と師がエッセーで書かれたままの姿であった。

平成の現在は、坂上に真新しい東大付属病院が高々と聳えている。しかし、坂を行く車も人も多くはない。どこか密やかな雰囲気があるのは、明治も今も変わらないのだろう。

無縁坂を下り、不忍池畔に出た。

白し疾し十一月は一紙片　『手が花に』

この句は、師が池の端の山下通りを歩いていた時に出来た句なのだという。「走り去る車の列、その僅かの間に見える車道の白さが、白いコンベアベルトのように、車の速度とともに走り去るように見えた。その中に十一月という月が白い紙片のように躍って見えた」と自解されている。

さて有名な蓮池は、破蓮とはいえ、まだ青色が残っていた。

青蓮の圧倒へ目を張りづめに　『十指』

蓮池の表面は圧倒的な葉の量で覆われていたが、ちょっと屈んで茎下を覗くと、その無残な景に思わず息を呑んだ。

葉の下は、朽ちた葉が破れ、茎は矢折れ、まるで源平の壇ノ浦合戦後のように、息絶え絶えの体を見せている。敗れた白旗が、暗い水に浮かんでいる。時折、秋の日差しが葉の割れ目を縫って、水面をぬめぬめと輝かせる。異様とも思えるその景色は、池の奥へ奥へと、延々と続いていた。

蓮池に潜むその危うさに心奪われていると、ふと鳥声に気がついた。池に鴨が渡ってきているのだ。

破蓮に長居せし身の痛みとも　『十指』

鴨啼くや人は水際にうづくまり　『川の見える窓』

ボート池の端に、一羽の鴨が漂っている。池面はボートを漕ぐカップルや家族で賑わっており、その櫂で立つ波を避けるかのように、杭の周りに浮かんでいた。池辺を行くと、数羽の鴨が陸に上がり何か啄ばんでいる。すぐ横の蓮池を泳ぐ仲間もおり、互いに呼び合っていた。若い鴨もいるようだ。一族郎党、遠い北の国から飛来して無事を喜び、ひとときの団欒を楽しんでいる様にも見えた。

街不況なり杭に鴨杭に鴨　『知己』

道に出て鴨ころころと乾くなり　〃

しばらく鴨の様子を見ていたが、水際で冷えてきたせいだろうか、急に独りで佇んでいた怖さに気づく。衿を立てて、池の回りを人の多い方へと歩を進めた。

池辺では、様々な人が思い思いに過ごしている。ベンチで蓮池をじっと見つめている人。植え込み近くで膝を抱えて将棋をする初老の男二人。おでん屋台も昼から湯気を立てて、すでに馴染み客が座っていた。

中でも賑やかなのは骨董市である。池辺に古道具、古本を所狭しと並べている。古いものに混じって異国の民俗衣装や雑貨などを売る露店もあり、独特の匂いがした。

シャツ賣がゐて不忍の枯きざす

『手が花に』

この池の、吸い込まれるような不思議な魅力について師は次のように述べている。「町住みの忽忙の中のひととき、自分をみつめ、考える刻がもてるのは楽しい。不忍の不思議な魅力、それはこの蓮池が都心の真っ只中にあることともかかわっているように思える。この蓮池には私は宗教的色彩よりも哲学的空間を感じている」（『川の見える窓』より）

四季折々、いろいろな表情を見せてくれる不忍池。私の目の前の池も、まもなく枯一色となることだろう。

さみしさのいま聲出さば鴨のこゑ

『手が花に』

（「朝」平成二十二年十一月号）

不忍池の鴨

水仙の揺れる岬

　岡本眸第三句集『二人』に、昭和五三年の下田での作品群があり、その臨場感あふれる句の勢いに圧倒される。

「一月十五日、下田、須崎海岸にて左義長を見る。風三樓先生はじめ〈春嶺〉誌友十数名」と前書きのある十二句、そして続く九句。伊豆大島沖地震に遭遇された折の作品だ。三十数年前の出来事が、まざまざと瞼に浮かんでくる。

　今回は、その現場と句碑がある爪木崎へ、下田木の芽会の三河康子さんと会員の方に案内していただいた。


どんど焚く初めにことば次なる火　　　　『二人』

　残念ながら、どんど焚の当日に見物することはできなかったが、一月末の午後に、須崎海岸に着いた。

風三樓先生、眸先生一行が宿泊して句会を行った、海辺の旅館「磯風」。建て替えられたが、今も健在である。そして、すぐ近くの海際の空き地が左義長、どんど焼の会場だ。

どんど焼は正月飾りの門松などを各家が持ち寄り、積み上げて燃やす。この地区のものは大きく勇壮だという。燃やす前は聖樹のように緑濃く高く聳え、金や紅白の飾りもある。

男が火女が水をどんど焚　〃
燃えさかるどんどやひたと大地あり　〃

まだ暗い午前四時に点火。勢いよく燃え盛り、火の粉とともに書初めの半紙が舞う。倒れ、燃え尽きるのは明け方五時半頃とか。

子供達は、うばめ樫の枝に「おんぼろぼん」と呼ぶ餅を刺して火にくべ、熱々を食べるのが楽しみという。

かつて先生一行が訪れた日はあいにくの嵐で、点火ぎりぎりまで雨が降り、みな頬冠り姿での見物だったそうである。

冬地震や堤防際を人走り　『二人』

まだ燻り香の残る時である。地鳴りと共に、強震が襲った。建物の軋む音、人々の悲鳴。実は昭和五三年当時学生だった私もこの時、伊豆で合宿中に地震に遭い、肝を潰した。伊豆急行が不通となり帰路を断たれた師は、現地泊を余儀なくされる。翌日に伊豆西海岸の松崎港から海路、沼津へ脱出されたのだった。

船待てば追討かくる冬の地震　『二人』

航さむし師弟の命一と束ね　〃

十年一と昔というが、今、眼前の伊豆の海は明るく、鏡のような静けさである。沖には伊豆七島のうち六つが見えた。じっと眺めていると、さらに先へと気持ちが広がる。この太平洋の遥か先から、かつて黒船が現れた。その船を見た若者達が志を立て、やがて日本を動かした。そんな想像も心を豊かにしてくれる。

さて、いよいよ爪木崎へ。師の句碑のもとへ急ごう。爪木崎の浜に着くと、一本の木道がある。水仙の甘い香に誘われ、足取りも速くなる。

周囲はなだらかな丘から、白い灯台の立つ岬、青い静かな入り江まで、何百万という水仙の花で埋め尽くされていた。

風におろおろ水仙の一家族　『母系』

水仙の夜は荒星のつぶて打ち　『十指』

真ん中に、両手をひろげるように出迎えてくれる大岩が見えた。その懐に抱かれたいと思う、師の句碑である。

抱かねば水仙の揺れやまざるよ　『十指』

「寒中の爪木崎は暖地とはいえ北西風が強く、水仙が激しく揉まれていた。それは幼児が顔を必死に振って耐えているように見えた。両手をひろげて、抱きかかえてやりたいような、いじらしさがあった。生まれて間もない会員への思いが、どこかでダブっている。昭和五九年作」（自句自解より抜粋）と師が語られているように、周りの水仙は風に激しく揺れていた。

爪木崎を訪れると、誰もが笑顔でこの碑の前に立ち、座り、写真を撮っている。

そして句碑は、水仙を、訪れる人々を、優しく包みこむ。

自然への、人間への慈愛の心がそこにあるように。

この句碑は、昭和六三年一月に地元、萩原記代さんはじめ「木の芽会」の方々の並々ならぬご尽力により、この素晴らしい景勝地に建立された。当時のご苦労の多くを語らず、三河さんは句碑に傅き宝物のように一心に磨いている。守ってくださる方がいるからこそ、こうして句碑は輝いているのだろう。

振り向くと、隅の浜茶屋に鍋から湯気が上がっていた。

煮大根ならいが西にまはりけり　『手が花に』
日脚のぶ足下の波に遠き帆に　〃
霞む日や人の面に波しぶき　『矢文』

爪木崎を後にし、外浦の波打ち際に出る。

海浜ホテル前の磯には、岩に石蓴《あおさ》がびっしりと生え、波に碧く靡いていた。岬の崖伝いに歩道があり、海へと突き出している。眩しい日差しに誘われ、落石注意の札に構わず行くと、眼前に崖岩が迫り出してきた。すぐ足下に波が寄せており、うっかりすると、さらわれてしまいそうだ。

　波しぶきの句は、ここで作られたと聞く。「あら、大変！」師の明るい声が響いてくるようである。

　この下田で、師は多くの仲間や弟子と共に作句に励まれた。句碑がいつも水仙の花々に囲まれているように。


（「朝」平成二十三年二月号）

水仙に囲まれた爪木崎の句碑

仁右衛門島の春

東京駅八重州口から高速バスに乗り、東京湾から房総へと走る。アクアラインを通って木更津に近づくと、朝靄に霞む水平線に海苔舟が静かに浮かんでいる。しばし見とれていたが、その後、バスは山中を一路、南房総へと進んで行った。

車内の暖かさに眠くなり、ふと気づくと、窓の空が広い。安房鴨川は、雨上がりに春の日差しが明るく輝いていた。

春睡や見えざる波のくつがへる　『二人』

昭和五二年三月、千葉県鴨川で催された「若葉」の鍛錬会での岡本眸師の作品である。後に「早暁、夜具の中でうつらうつらと波音を聞いていると、波が盛りあがり、崩れ、退いてゆくさまが目に見えるように感じられた」と自解されている。

「風生日和と誰かが言った上天気の三日間、安房の春はやさしく温かであった」とも回想されている。

ちょうど同じような日柄に、太海の浜から舟に乗り、南房総の名勝、仁右衛門島へと向かった。今も手漕ぎの舟である。

冬霞ひとに会ふべく舟使ひ　『午後の椅子』

島には眸先生の句碑があり、久々に拝すると思うと、心も躍る。舟に揺られること数分で、渡し場に着いた。

仁衛門島は周囲約四キロ、風光明媚なこの地は源頼朝や日蓮上人の伝説で知られる。代々、島主の平野仁右衛門氏がその名と共に島を受け継ぎ、現在は三八代目になるのだという。

島に上がって見渡すと、緑が深く、古い石垣とアロエの赤い花が迎えてくれた。石段を登り蓬島弁財天へ通じる小径へと曲がると、すぐ右手に風格ある句碑が見える。

初渚ふみて齢を愛しけり　風生

富安風生先生九四歳のときの作品で、昭和五四年に建立された。晩年の老艶な句境を顕すように、海光を浴びつつ緑に囲まれた句碑は穏やかに微笑むようだ。思えば、今日は風生師忌日の直後であった。

そしてすぐ傍らに、恩師を見上げて慎ましく確りと座しているのが、眸先生の句碑である。

女手に井のふたおもき雪柳　眸

揮毫のこの句は、やはり「若葉」の鍛錬会の折、風生師の特選に輝いた作品と聞く。明るい小松石に御影石が嵌め込まれ、裾は草花に縁取られている。どこか可憐で優しい印象なのは、敬愛される恩師の側だからだろう。

この句碑は平成四年十月に、小林希世子さんはじめ「朝」千葉支部の皆さんの多大な御尽力によりこの地に建立された。希世子さんは八千代市正覚院にも主宰の句碑を建てられており、その熱心な活動には心から敬服する。除幕式、記念吟行会には全国から多くの会員が集い、盛大に行われた。

建立から一八年を過ぎた今も、文字の彫りも鮮やかに、句碑は健やかな姿であった。後ろには青い海原が広がり、白波が打ち寄せていた。

引際の白を尽くして葉月潮　『母系』

師を恋へば日傘のうちを波あふれ　『流速』

島の小径を戻り、島主平野家のお屋敷へ向かう。堂々とした大きな瓦屋根が、歴史を感じさせる。玄関前に蘇鉄が聳え、足元には小さな赤い実が幾つも見えた。夏涼しく冬暖かい島は常に花が絶えないという。「それは金銀針茄子と言うのですよ」明るく優しい声に振り向くと、白髪の年配の女性が、にこやかに立っていらした。上品な物腰に島主夫人と気づき、伺うとやはり平野昌子さん、その人である。

花菜咲き家に暗き間明るき間　『二人』

突然の訪問をお詫びし、晔先生の末弟子であることをお伝えすると、笑顔がほころび、玄関先の陽だまりの中、いろいろとお話をしてくださった。ご主人の仁右衛門氏もご健在とのこと。風生先生や晔先生の思い出など、お話は尽きない。庭にご案内いただき、縁側から立派な座敷の造りや由縁などを伺う。

青照りの大蘇鉄を仰ぎ、師の句にある古井戸を拝見した。井戸は思いのほか大きく蓋も両手に余るほどで、昔の島暮らしの厳しさが偲ばれる。

夕明りして千枚の植田寒　「朝」平成十七年

仁衛門島を後にし、鴨川市の山間にある大山千枚田へ向かった。今も雨水だけで耕作する天水田で、その美しい景観は文化遺産としても貴重なものだ。
山の傾斜地に階段状に扇形の田が連なり、田起こしをしたのだろう、春泥が波打つように光っている。棚田の下方には、梅林の白梅が煙るように咲いていた。
畦道に踏み入ると、畦を焼いたような跡がある。草が黒く焼け焦げている。日も傾き、棚田を吹き渡る風が肌寒くなってきた。もうすぐ星も出てくるだろう。師の句を思いつつ、しばらくを夕風の中に佇んでいた。

夕星を見てゐて急に野火のこと　『二人』

（「朝」平成二十三年三月号）

平成17年、仁右衛門島の手漕ぎ舟に乗る先生。『四季逍遙』より

春風の池袋

ふり返る月日一束木の芽雨　『母系』
意気地なし春の疾風によろめくも　〃

句集『母系』は、昭和五四年春、眸先生の恩師・富安風生師の御逝去を詠まれた作品から始まる。
俳句の世界へと導かれ、永く敬愛されていた偉大な師の訃報に、どんなに悲しまれ、心細い思いをされたことであろう。当時すでに、眸先生はご両親もご主人も亡くされていた。風生師ご夫妻の、眸先生への思いも一弟子として以上に深かったに違いない。

池袋二丁目常の目刺出て　『母系』

続く掲句、池袋二丁目とは風生師のお住まいがあった場所である。訃報に意気地なくよろめいても、平常心を、常ごころの詩を忘れるな、と自責されたのだろうか。「常の目刺」を捜しに、風生師のご自宅近くへ、訪ねてみることにした。

都内でも乗降客の多さで屈指のターミナル駅、池袋。人ごみを抜けて西口を出ると、正面に大通りがまっすぐに伸びる。駅前の繁華街を背に、通りをしばらく歩くと、ビルの合間に、昭和の昔懐かしい商店が目立ってきた。街路樹は木の芽を膨らませている。

春浅し訪はむに師なき池袋　『午後の椅子』

この界隈は現在、地下鉄要町駅に近く、大通りから一筋奥へ入ると由緒ある閑静な住宅街となる。また、寺院も多くあり、大通りに面した祥雲寺では桜の花が三分咲きのようだ。その手前に病院があり、この辺りが池袋二丁目である。

曲がり角に、昔ながらの鮮魚店の店先が見えた。硝子戸を開け放ち、魚箱が積まれている。店の奥は暗く、まだ準備中のようだ。とっさに「常の目刺」が思い浮かぶ。ここで眸先生は着想されたに違いない。路地に青果店、精肉店が軒を並べている。

そのすぐ先に、庭木の高さで古くからの住まいとわかる家があった。風生師の旧居、艸魚洞である。現在の建物は当時のものではなく建て替えられているが、ご親族が、今もここに住んでいらっしゃるのだろう。養女の文子様が敏子夫人の最晩年まで孝養を尽くされたと聞く。

「九十五齢とは後生極楽春の風」は亡くなる十日前に書かれた風生師の最後の作である。敏子夫人もその十年後、九十四歳で長寿を全うされた。

朴若葉古き手摺に夫婦倚り　　富安風生

「都内池袋にある風生の自宅、艸魚洞の庭の中央に朴の木があり、夏になると二階の廊下から渡れそうなほどに青い葉畳をひろげた。二階の手摺からそれを眺め楽しむ老夫婦の姿の美しさは今も脳裏に鮮やかである」とかつてを偲び、眸先生はエッセイに書かれている。

当時のままとはいえないだろうが、この都会には珍しく庭木が高く聳え、今は赤い椿の花が咲いている。草木を心から愛した風生師の声が春風に乗って今にも聞えてくるようだ。敷地の奥には、古い石造りの蔵がまだ残されているようであった。

師はときに遊べ遊べと梅日和　『母系』

緋桃咲く何に汲みても水光り　〃

植物がお好きな風生師には殊に梅や桜の作品が多かった。忌日に墓地を訪れた折の掲句には、そのような師への想いが溢れている。

お墓は小平霊園に在ると聞き、私は池袋からそのまま、山手線、西武新宿線を乗り継ぎ、小平へと向かった。

小平駅を出ると、霊園の入り口はすぐである。広い園内では子供達が芝生で遊び、彼岸桜が満開であった。墓地へは、幅の広い並木道がずっと続いている。

墓ぬくしはや住み馴れて在すごと　『母系』

満身の冬日忘れてゐたりけり　〃

並木道の一番奥に、そのお墓はあった。風生先生一年祭に詠まれた「墓ぬくし」のように、どっしりと大きな墓石は春の日差しをいっぱいに浴びている。墓前にぬかずくと、先師の温もりに包まれるようだ。

墓石を囲む石塀には、「走馬燈へだてなければ話なし」の風生師の御作が嵌めこまれてある。ご夫妻の静かなご様子が偲ばれ、どうか永遠に安らかに……と手を合わせた。

春や師の道どこまでを蹤き得むや　『流速』

平成十年四月・風生先生二十年祭に詠まれたものだが、所収の句集『流速』のあとがきには次のように書かれている。

「……私の師、富安風生先生が『生くることやうやく楽し老の春』と詠われたのが七十八歳のとき、過去を振り返られた感慨として、『春の雲ほうつと白く過去遠く』と詠われたのは米寿のころであった。……人生の指針があるということは心強いことで、専ら頼りにして歩いている」

晩年には「自然随順」の理想を掲げ「老艶」を失わずに美しく生き抜いた風生師。眸先生の胸の内には、今も師が微笑んでいらっしゃることだろう。

（「朝」平成二十三年四月号）

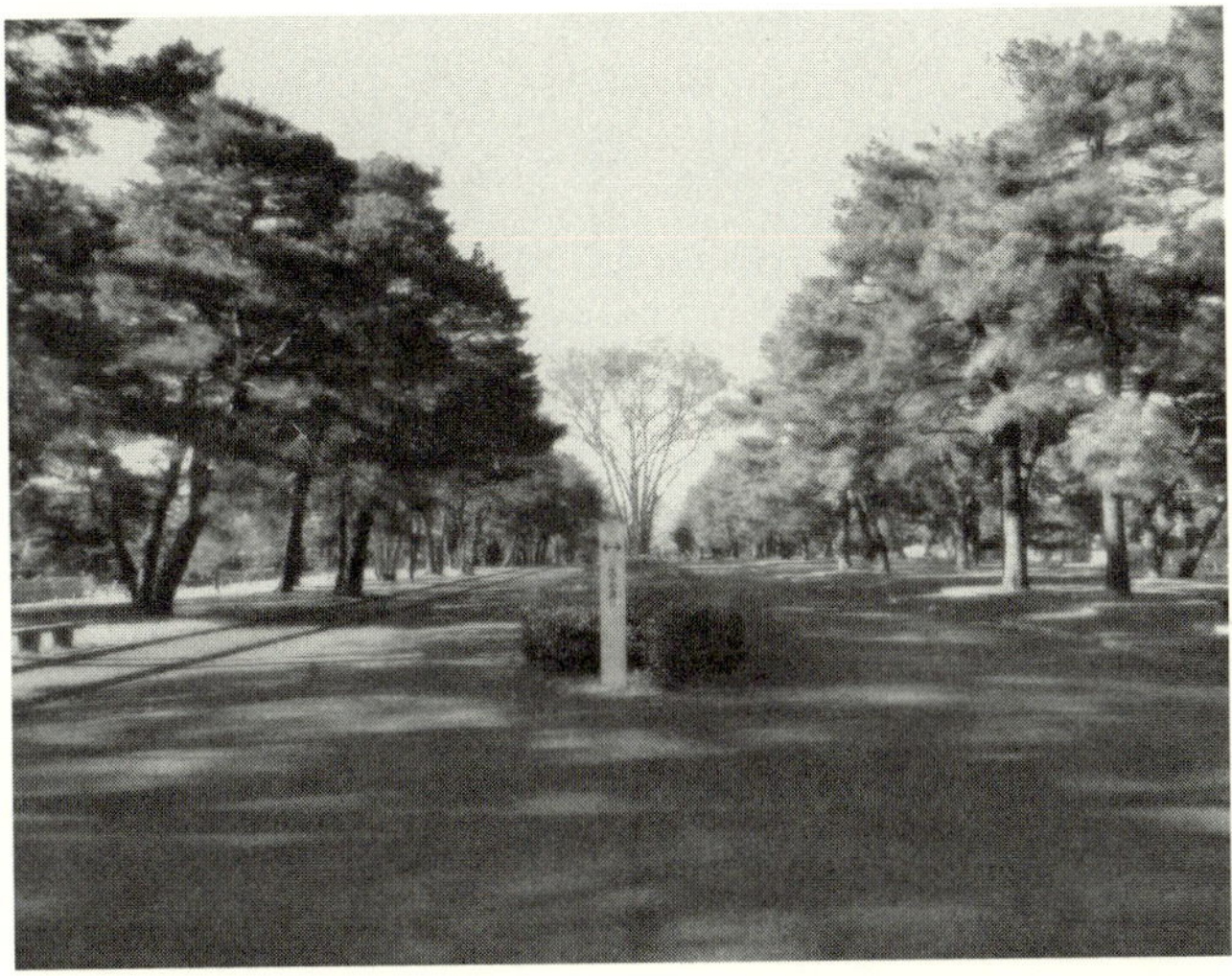

富安風生師の眠る小平霊園内

風生庵の風

久々に晴れた土曜日、早朝に新宿から高速バスに乗り、富士山の麓、山中湖へと向かった。車窓から見える山々の緑に心が弾む。途中のバス停で「朝」同人の川上昌子さんが愛車で迎えに来てくれていた。

富士山が雄大な姿を見せている。青々とした山肌に真っ白な残雪が眩しい。緑美しい森の道を走り、富士五湖の一つ、山中湖に着いた。夏の日をいっぱいに浴びて、湖面がきらきらと光輝き、水上には釣舟やスワンボートが浮かんでいる。

山中湖畔は、かつて富安風生師が毎年、避暑をされていた所で、眸先生も師を訪ね、度たび足を運ばれている。

穂芒の紅のほのかに明日あるなり　『冬』

雨脚のせつなかりけり霧の湖　『二人』

穂芒の句は、大病された数年後の昭和四五年に作られている。また二句目は、昭和五三年「春嶺」同人会の作品で、ご主人を亡くされた二年後のことである。湖の前に佇み、恩師のもとで、その折々の気持ちを発露されたのだろう。大自然の中で心癒されたに違いない。

あはあはと富士容《かたち》あり炎天下　　富安風生

先ほどまで稜線がくっきりと見えていた富士山だが、昼近くになると空に溶けるように全体が淡くなってきた。

風生師にはこの地での富士の句が数多くあり、掲句もその一つ。作品を次々に発表され、地元の人々に敬愛された。しかし昭和五四年二月、九四歳でご逝去。前年の夏まで山中湖に滞在されていたという。

亡くなられた年に当地を訪れた眸先生は、深い悲しみの中で数々の句を作られた。

山中湖畔にて「若葉」六百号大会

さはやかに遺影の視野の端にゐる　　『母系』

湖老いて帰燕とどむるすべもなし　　〃

花野来て夜は純白の夜具の中　『母系』

翌年春、山中湖篇保センターに風生師句碑が建立された折には、次の作品がある。同年夏に「朝」を創刊。亡き恩師の慈愛をひしと感じつつ、決意を胸にされたのかもしれない。

師の御手と思ふ春日が肩にある　『母系』

この篇保センターには七年後の昭和六二年、「朝」の主宰として、多くの門弟と共に吟行会に訪れた。

「会場から富士山がよく見えた。……私の心の中では富士と先生がイコールのかたちで生き続けている。朝、部屋の窓から『先生』と呼びかけるように富士を仰ぐと、おのずから胸がひらいて、爽やかな秋の大気が体中にひろがった」（自句自解より）

仰ぐとは胸ひらくこと秋の富士　『矢文』

できればその富士が見たいと篇保センター跡に向かった。だが現在は某企業の施設となり、立ち入ることはできず、すぐ近くのテニスコートで車を降りた。すると、後ろから声をかけられたので事情を話すと、その方は地元の俳人・高村圭左右氏の甥御さんだという。偶然の出会いに驚きつつ、いろいろお話を伺った。風生師が山中湖に滞在されると、地元の人たちが先生を慕い集まり句会がさかんに開かれたとのこと。あいにく富士は雲に隠れていたが、先師の温かな人柄が偲ばれた。

いよいよ湖畔にある「俳句の館・風生庵」に向かう。

風生庵は文学の森公園の中にあり、小高い山の入り口にある。奥へ行くと徳富蘇峰館、三島由紀夫館へと小川沿いに道が続いている。眸先生は、後年、春先にこの庵を訪れ、エッセイを執筆されている。

縁側はまだ冷たくて小草の芽　『栞ひも』

「縁側はまだ冷たい」の由縁が文章に書かれてあったのを思い出しつつ、早速にその広い縁側に触れ、腰掛けてみた。木肌がひんやりと心地よい。湖の風が雑木林を抜けてくる。

山は父湖は母燈の親しけれ　『午後の椅子』

よく響く老鶯の声に聴き惚れていたが、ふと振り向くと昼を灯し、懐かしい風情の夏座敷である。東京・池袋にあった風生師のご自宅「艸魚洞」の書斎をそのまま再現されているのだ。眸先生もきっと親しくここに佇まれたことだろう。

庵を後にし、湖周囲に点在する風生師の句碑を訪ねた。その数の多さに驚いたが、最後に風生師が滞在されていた、からまつ荘の跡に着いた。今は個人の別荘のようだが、句碑はそのままに残されている。「露涼し朝富士の縞豪放に」。この日の朝に見た岳峰を彷彿とする句であった。

コスモスの遠い記憶に停留所

『午後の椅子』

からまつ荘からは、新宿行きのバスの停留所がすぐ近くにある。バスを待ちながら、しばし湖畔の景色を見渡した。

眸先生もこのバス停で湖や周辺を眺められたのだろうか。日は西に傾き、水辺の光もすこし赤味を帯びてきている。湖畔の樹をよく見ると白い花が咲いている。桜に似ているが少し青みがかっており、ずみの花だという。

山中湖にコスモスの揺れる日も、そう遠くない。

（「朝」平成二十三年6月号）

山中湖畔「俳句の館・風生庵」

吉野の杉木立

花にはまだ少し早い頃、吉野山を訪ねた。近鉄電車に乗り、吉野駅で降りる。朝の天気予報では、その日の奈良県南部は春の嵐で台風さながらの雨風だというが、まだ本降りにはなっていない。吉野は初めてで、女一人旅の心細さもあったが、現地の車の運転手さんの笑顔が不安を和らげてくれた。

深吉野や花あるかぎり日の高き　　岸風三樓

昭和五五年春、眸先生は岸風三樓師に随行してこの地を訪れた。前年、富安風生師が亡くなられ、他門弟と共に吟行の旅にいらしたのだ。だが翌年に師も病で死去。ここ吉野は、眸先生にとって風三樓師との思い出深い場所なのである。

眸先生が風生門下の高弟、風三樓師の門に入られたのは昭和三二年の市川真間句会でのこと。真間道場と呼ばれるほど厳しい俳句修行だったが、以来長い師弟交流を結ばれた。

風三樓師は長年「若葉」編集長を務め、その後も風生師を助けつつ、「春嶺」主宰として後進を指導された。風生師の没後は「春嶺」に専念され、俳人協会の副会長に就任。前出の作品は同年発表された「吉野山三十句」の一句である。

眸先生はその折のことを後年、「……師事して二十数年のうちで最も先生を近くに意識した時期であったように思う。吉野山は私にとって先生との心の接点であった」と書かれている。この年の夏に「朝」を創刊されるにあたり、いろいろご相談もされたのだろう。

随行時の眸先生の作品は、『母系』中、「吉野」の前書きこそないが、次の連作がある。

大空の吐息こぼれて壺すみれ　『母系』
幣整し一山の花つかさどり　〃
裏口は花谿明り葛造る　〃

一句目、「春嶺」に執筆された「岸風三樓作品『吉野山』鑑賞」(『岸風三樓の世界』収録）にその心境が窺える。「けわしい山道の途中で、先生に教えて頂いたつぼすみれのうす紫の色がいまも心にのこっている。それはまるで大空の吐息のような色彩であった」と書かれているのだ。

この俳句の現場に向かう。目的地は吉野の中でも山中に分け入った、奥千本と呼ばれる場所にある。車は山道を奥へ奥へと入り、深い杉木立となる。ちょうど杉の花も終わりの頃で、花房が雨に濡れて地面に夥しく落ちていた。山の斜面には風でなぎ倒された木々も多く見え、訪れる者を拒絶するかのようだ。山道に慣れた運転とはいえ、厳しい状況に引き返そうかと不安が募る。

曲がりくねった道の先に神社の鳥居が見え、ほっと息をついた。金峯神社である。ここは吉野山の地主神・金山彦命を祀り、古くから修験道の勤行場であった。山の斜面に社殿が立ち、訪れる者を悠然と見下ろすかのようだ。周囲は桜や杉で囲まれている。

折から雨が強く降り出した。数名の参拝者が、雨合羽姿で鳥居の下に身を寄せ、空を見上げている。この先の細い山道から徒歩で西行庵へ通じるのだが、雨風激しく、靄で先も見えない。天上へと伸びた杉木立が立ちはだるばかりである。

おもかげやすつくと雪の杉木立　『手が花に』

うつむくは淋し仰げば雪雫　〃

後年、眸先生がこの場所を訪れたのは昭和六三年の早春。吉野はまだ雪深い頃である。木々の雪雫を仰ぎつつ、思いに耽る先生が目に浮かぶ。

先生は杉木立を目前にし風三樓師の面影を偲ばれた。当時、師が修験者のように果敢に作句に取り組む姿勢に眸先生は心打たれ、俳句への精進を誓われたのだ。お二人を想いながら私は蒼然とした杉木立の前に、佇むばかりであった。

みくまりの子守の神の牡丹の芽　『手が花に』

山道を引き返し、吉野水分《みくまり》神社へと向かった。

水の配分を司る天之水分大神を祀り、子授けの神として信奉された。秀吉が祈願して秀頼を授かったという逸話がある。

古い社は本殿、拝殿が回廊で繋がり、中庭に立つとぐるりと見回せる。真ん中に花壇があり、ちょうど神様に抱かれるようにして牡丹の芽が凛と立ち上がっていた。

花の上のかなたの花をこころざす
一歩ふみはづさば花の地獄とも
岸風三樓

さらに山里へと行くと、花矢倉と呼ばれる見晴台に着く。雨も小止みとなり、不思議に誰もいない丘の上に立つと、麓にある蔵王堂を中心とした門前町が一望にできた。

風三樓師のこの句のように、花見の時期には全山が桜の花で埋まり、この世のものとは思えない美しさだと言う。眼を閉じ、杉の緑を背景に、薄紅色の桜が咲き満ちる様子を思い描いた。

日はすでに春の軌道や杉木立
『手が花に』
雪解風わが身を鈴となしゐたる
〃

風に吹かれながら景色を眺めていると、この地に歴史を彩る悲話が多いことを思い出す。義経が逃れたところ、南朝の後醍醐天皇、西行の隠遁の地……。足元の崖を眺めながら、まさに「一歩踏みはづさば」の地なのだと実感する。

吉野の桜は山桜で、幹もほんのりと赤い。まだ花には早いが、梢は蕾の紅色に煙っていた。

（「朝」平成二十四年四月号）

吉野山・金峯神社

先師の故郷、岡山

雲ひとつない青空の下、新幹線で岡山駅に着いた。

駅前のロータリーに出ると、噴水の飛沫の向こうに手を振る女性の姿が見えた。「岡山朝の会」同人の密田真理子さんと会員の湯本美恵子さんである。今回は密田さんのご案内で、眸先生の作品ゆかりの地を歩くことにした。

岡山は眸先生の恩師の一人、岸風三樓師の故郷である。この地にお墓があり、菩提寺には句碑もあるという。次の眸先生の作品は、昭和五七年、風三樓師がお亡くなりになり埋骨される折にこの地で詠まれた作品である。

喪の幕の端に風ある秋の蟬　　『母系』

密田さんの運転で、まずは吉備路文学館へと向かった。

落ち着いた和風の建物で、岡山ゆかりの文学者の資料が展示され、蔵書を閲覧できる。早速、岸風三樓師の句集『往来』『往来以降』を閲覧させていただく。

風三樓師は明治四三年、岡山市に生まれ関西中学時代から俳句を始める。関大を卒業、逓信省に奉職。富安風生師の高弟として「若葉」の編集にあたられ、「春嶺」を主宰された。

俳人協会では俳句文学館設立に尽力され、今日の基礎を築かれた。後進の指導をよくなさり、千葉県市川市のご自宅近くでの句会は真間道場とも呼ばれ、眸先生も研鑽を積まれたのである。

ただ、風三樓師ご自身の句集は少なく、特に『往来』はお若い頃の貴重なものだ。ガラス越しに庭園の緑が美しい閲覧室で、備前焼の陶板が嵌め込まれた木の卓に、古い句集を広げた。藁色の小さな冊子に初々しい作品が並んでいる。

卒業の丘に椿の咲きにけり　岸風三樓

門に待つ母立葵より小さし　〃

前出の作品は中学卒業の日の作。「若者らしい率直さの中に清潔な詩情が溢れている」と眸先生は評されている。二句目は風生師のお供で四国、中国と旅をして岡山に寄り、一日の暇を得て家郷に帰られた二七歳の作である。風三楼師の名は知らなくとも次の作品を知る人は多い。『往来以降』の扉には、先師の趣ある筆跡が躍っている。

手をあげて足をはこべば阿波踊　　岸風三楼

清々しい句集を閉じ、文学館を後にした。車は岡山市内を走り抜ける。旭川が滔々と流れ、岸辺の緑が美しい。中州には有名な岡山後楽園が広がり、川を挟んで岡山城が聳えていた。市内のお店で密田さんに郷土の美味をいただき、風三楼師のお墓のある妙善寺へと向かった。坂を上り、路地を抜けて静かな佇まいのお寺に到着した。本堂の大きな瓦屋根が印象的だ。その屋根に届くように咲く赤い花が見える。百日紅だろうか。

何 侍 め と や 躍 り 咲 く 百 日 紅　　『母系』

眸先生が昭和五七年に作られた連作の一句。「何侍めとや」に恩師を亡くした深い悲しみを詠まれていることが、この場に来てわかり、感銘を新たにしたのである。

昭和六一年、寺の前庭に風三樓師の句碑が建立された。

朝の空掃きしごとくに朴咲きぬ　　岸風三樓

桜御影石に刻まれた句碑は、本堂のすぐ近く、大屋根の鬼瓦を見上げるように鎮座している。寺庭には朴の木が青空へ高々と伸びていた。

師の國の蟻大いなり輝けり　　『矢文』

句碑建立に参列されての作品。ふと句碑を見ると、碑面が艶やかに輝き、蟻が這っているではないか。眸先生もここに蟻をご覧になったのであろう。先師への尊敬の心と、自然豊かな師の国への賛辞を表現されている。

風三樓師のお墓は、寺の裏山を登った小高い山腹にある。

密田さんが自宅で摘まれた秋草を両手一杯に持ち、急な石段を慣れた足取りで登る。水桶を持ってその後に従って行くと、背の高い墓石に行き着いた。

「曼珠沙華はあまり活けないけれど、風三樓先生はお好きだったから」と話しつつ、密田さんは他の草花と一緒に束ね、丁寧にお墓に供えた。

句の縁に兄いもうとや草の花　『母系』

知らぬこと教はる旅の灸花　〃

先師の埋骨の折には、眸先生は宮下翠舟、菖蒲あや、山崎ひさをといった方々と同行されたと聞く。墓前に座して手を合わせ、この地へ導かれた句の縁をしみじみと感じた。

逝きて師の自在なりけり青山河　『母系』

「ほら、あれが備前富士ですよ」その言葉に振り向くと、正面はるか先に美しい山容が見える。故郷の山々を眺めつつ、先師は安らかに眠られているのだろう。お墓からほど近く、古い石垣の残る小道、都月坂を名の由縁を聞きつつ歩いてゆくと、ご実家があった。先師亡き後、奥様はここで過ごされたという。庭には芒の穂が揺れ、実むらさきが美しく輝いていた。

（「朝」平成二十四年十月号）

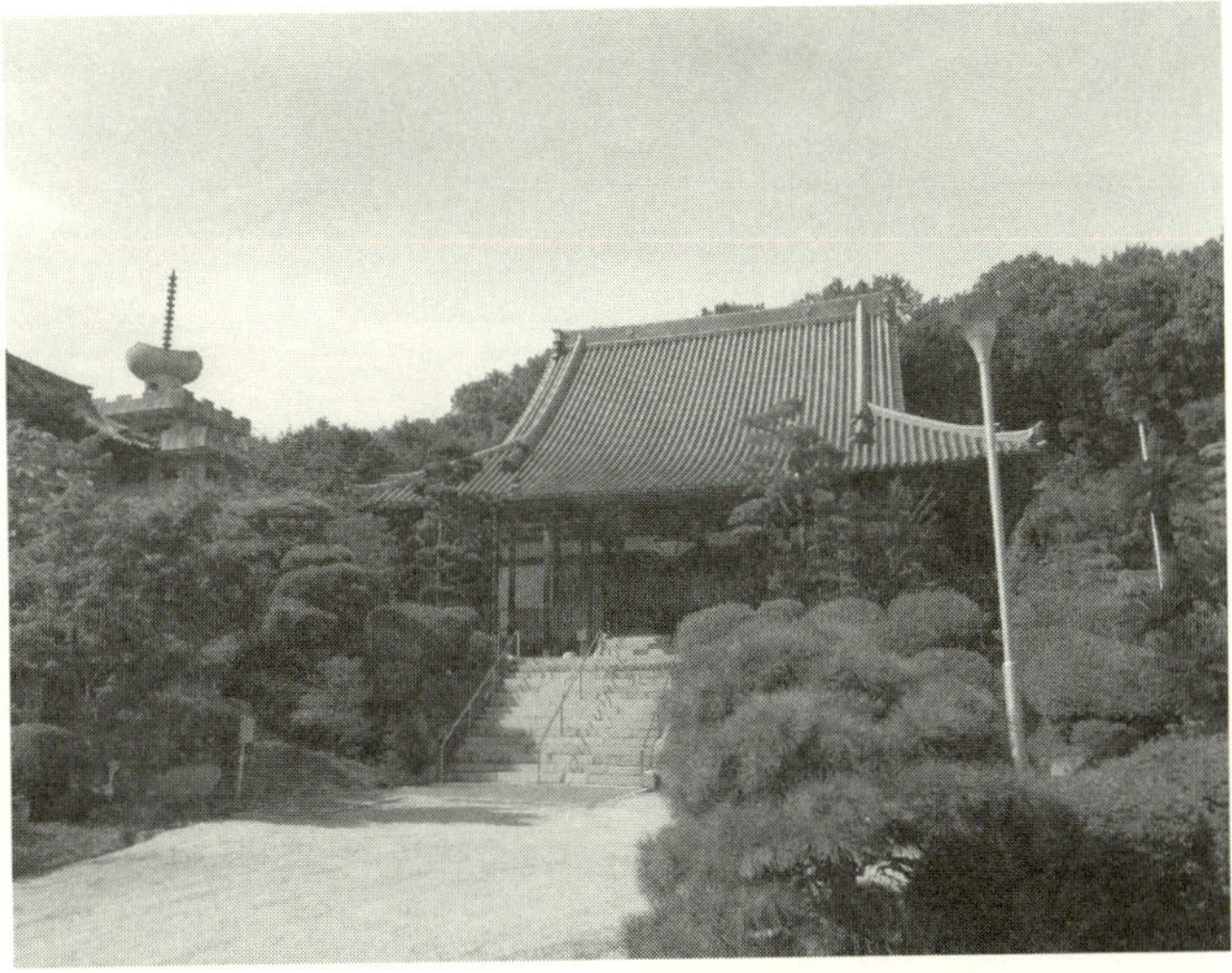

風三樓師ゆかりの岡山・妙善寺

Ⅲ　風の盆

小樽の夏

師の句を訪ね、今回は、はるばる北海道へとやってきた。朝早く羽田を発ち千歳空港に降り立つと、さすがに涼しい。

さっそく列車に乗換え、まずは小樽へと向かった。

眸先生は若い頃から北海道がお好きで、道内各所を何度も訪れていらっしゃるが、小樽を訪れたのは昭和五九年の夏、ちょうど今頃の季節と伺っている。

車窓から緑豊かな北の大地が広がり、線路際には草花が風に揺れている。しばらくすると海が見えてきた。海霧で水平線は白々とけぶり、岩場には釣り人が見える。壊れかけた番屋や白い鷗の舞いに見とれているうちに、小樽駅に着いた。

ホームに降りると楚々と立つ上品な婦人の姿があった。和やかな笑顔のその方は、佐々木幸さん。ここでお目にかかれるのは、本当に嬉しい。今回は「札幌クラーク朝の会」の方々とご一緒に、小樽の町を案内して頂くことになったのだ。

挨拶も早々に、散策に出発する。駅を出てすぐ左手に、昔ながらの古い市場の入り口が見えた。三角市場である。

暑さ来る三角市場水びたし　『十指』

小樽駅周辺は再開発されたらしく、新しいビルも建っているが、ここは数十年前とほとんど変わっていないであろう。すれ違う人の肩が触れるほど幅が狭く、細長いアーケードの市場である。朝から煌々と灯し、海胆、蟹、海老……新鮮な海産物が店先にあふれ、活気に満ちていた。到着したばかりなのに主婦心を刺激され、つい買い物をしてしまった。

踏切に運河に夏至の夕あかり　『十指』

まくなぎや癈れ運河の病むごとし　〃

駅前から大通りを歩いていくと、石造りの古い立派な建物が幾つもあり、どれも銀行だったと聞いて驚く。この町の昔の栄華が偲ばれた。

途中、今は廃線となった手宮線の踏切の跡がある。かつては石炭や行商人を乗せて満杯になるほど賑わったのだという。さらに行くと運河が見えた。

沿岸を古い煉瓦造りの倉庫が建ち並ぶ。水面には遠い山や薄日が映り、ガス灯が旅情をそそる。運河の見える店で昼食をとることにした。小樽といえばお鮨である。佐々木さんに伺うと、地元でも美味しくて有名な店なのだとか。その絶品の味に旅の疲れも忘れるほどであった。

運河を渡り、小樽港へと向かう。港には、大きな貨物船がいくつも停泊していた。昔からの埠頭のひとつに近づくと古い倉庫がある。その倉庫の脇にはもう使われていない小さな錆びたサイロがあった。港に近代的な巨大なサイロが見えたが、かつては穀物をここで袋詰めしたのだろうか。

小麦袋積む明るさに海猫舞へり　『十指』
水夫らに陸の生活の草むしり　〃
草引くやはるかに露領まぎれなし　〃

船員なのだろうか、船の横で所在なく佇む姿が見える。埠頭の駐車場で働く人に声をかけると、今もロシアに向けて貨物船が発つという。荷は日本製の中古車が多いと聞いた。

埠頭に、大きな船を停泊する際にロープを結ぶビットが並んでいる。波風に晒されて色が剥げ落ちているが、ビット一つに人ひとり、腰掛けるのに丁度よい大きさである。

眸先生はこのビットに佇み、しばらくの間、はるか沖を眺め、ロシア領まで思いを馳せられた。前出の句をお作りになった現場なのである。

埠頭を後にし、車で高島岬まで足をのばすことにした。

湾沿いをしばらく走ると、その昔は鰊漁で賑わった地域で、海際には古い番屋が立ち並ぶ。漁の忙しい時には親方ややん衆たちが寝泊りしたのだという。

岬の山上へ着くと、石狩湾が一望できる。素晴らしい景色に思わず感嘆の声を上げた。眼下には鰊御殿と呼ばれる大きな屋敷や灯台が小さく見え、薄墨色の海上は空と溶けあい、船が宙に浮かぶように見える。岬の反対側は断崖絶壁でエゾカンゾウの黄色い花が海へ雪崩れるように咲き乱れていた。

硝子玉吹く万緑へ窓を張り　『十指』

小樽に夏子が出て窓に紐結ぶ　〃

小樽の街中に戻り、運河近くの一軒の小さなガラス工房を訪ねた。店内に人気はなかったが、奥に声をかけると、若い主人がすぐに長い鉄の棒を操り始めてくれた。棒の先を炉に入れて真っ赤に溶けたガラス玉に、反対側の棒の先から息を吹き込むと、みるみる膨らみ、透明になっていく。その見事な職人技には目を見張った。

北の町とて夏の昼は長いが、さすがに日も傾いてきた。

丘の上にある水天宮で名残を惜しもうと登ってみると、境内は誰もおらず森閑としている。港を見下ろして深呼吸をすると、ふと甘い香りがする。顔を上げると頭上にびっしりとアカシアの白い花が咲いていているのだった。

小樽には、厳しい自然を背景にした生活と、失われた昔日の栄華の面影が色濃く残り、その寂しさが詩情を誘う。アカシアの香りの中で、眸先生がこの地で詠まれた俳句を思い出しつつ、しばらくを夕風に佇んでいた。

夏爐焚く運河失ふさみしさに　　　『十指』

（「朝」平成二十三年七月号）

小樽の運河沿いに建つ赤煉瓦倉庫

海霧けぶる宗谷岬

七月初めの早朝、札幌駅から特急「スーパー宗谷」に乗り、日本最北端の地へと出発した。

車窓からは、青々とした牧草地や広大な畑が見える。山間になると、手付かずの万緑が荒々しく果てしなく続く。その茂りの勢いに、大地を開拓した先人の苦労を改めて思う。しばらくして、山の濃い緑と青空を映し、蒼く滔々と流れる川が見えてきた。天塩川である。

天塩川短き夏をはやるなり　『矢文』

眸先生がこの川を詠まれたのは昭和六一年の夏。女流俳人として様々に活躍し、八月には「朝」創刊百号を刊行された。心新たな思いで旅をされたのだろう。私は川の勢いを目にし、句の「はやるなり」に、かつての師の日々の充実と旅への心躍りを実感したのである。

蟻を見ぬ不思議やただに日焼して　『矢文』

無人駅の豊富駅で途中下車し、バスとタクシーでサロベツ湿原と海岸を訪れることにした。駅前を右往左往していると、案内係の女性や食堂の女主人、タクシーの運転手さんが親切にいろいろ教えてくれ、無事に車に乗って出発した。

サロベツ原野は、エゾカンゾウの群生地で、今がその花盛りである。原生花園の木道沿いにほつほつと黄色い花が咲き、遠くになると黄色一色となり、果ては黄金の地平線となって輝いている。まるで楽園のようなこの美しい景色は、厳しい冬があるからこそ、この時期だけの自然の賜物なのだ。

炎天下、湿原を歩き続けてさすがに疲れ、風の涼しい木陰に入りほっと息をついた。

木洩日の雨のごとしよ夏帽子　『矢文』

胸の汗冷えて遠くが見えはじむ　〃

サロベツの原野の先は日本海、稚咲内海岸に出る。小さな漁港があるが、漁を終えたあとなのか、人影もなかった。

沖には海霧が出てきて雲が垂れ込め、白波が立っている。漁港のすぐ脇の砂浜には、廃船が無造作に積み上げられ、まるで船の墓場のようだ。舵は錆び、穴の開いた船体は潮風に白々と吹かれている。

眸先生もこの海岸に佇み、沖を眺められ、寂しさに浸られたのだろう。明るい湿原と対照的な荒涼とした景に、しばし言葉もなかった。


海猫鳴くや鉄路の終は潮くさき　『矢文』

ようやく宗谷本線の終着駅、稚内駅に降り立つ。

プラットホームの端に「日本最北端駅」の標が掲げられている。線路の先は海へと向いて途絶え、砂利に埋まっていた。

眸先生は列車の旅がお好きだったが、二五年前の夏の旅では、最北端の鉄路の終をぜひ訪ねたい、ということであった。ホームの端に佇む師の姿が目に浮かんだ。


海霧の夜は灯取虫さへ恋しけれ　『矢文』

稚内港は近頃再開発され、かつての湾を埋め立てて高層ホテルが建つ。この日はそのホテルに泊まることにした。

夕餉を食べていると霧笛が聞こえる。港は濃い海霧となり、高階の部屋の窓から外は何も見えなかった。

深夜、ふと目覚めてカーテンを開け、あっと息を呑んだ。霧は晴れ、星が瞬いている。眼下には真っ黒な海に古代ローマ遺跡のような列柱が、青白い灯に浮かび上がっていた。防波堤ドーム。世界でも珍しい半アーチ型の防波堤である。その円柱に灯が煌々と点り、夜の海へと続いているのだった。

戦前、樺太への連絡船が就航していた頃の象徴である。昔日の港を偲ぶ、旅情あふれる光景をしみじみと眺めた。

夏がすみ國失ひて航ほろぶ　『矢文』

北は淋しよ遊船の日の丸も　〃

翌朝、汽笛の音に目が覚める。

さっそく昨夜眺めた防波堤ドームの回廊を歩き、潮風に吹かれつつ港を見渡した。

すぐ近くに船が停泊しており、舳先の日の丸が風に靡いている。沖では利尻、礼文への定期船が忙しそうに往復していた。

稚内からバスに乗り、いよいよ最終目的地、宗谷岬へと向かう。北の海は限りなく青く、海岸線にはハマナスの花が赤々と咲いている。番屋で作業をする人も見えた。昆布を干しているのだろう、短い夏を忙しく働いている。

岬《宗谷》の日の一日分の昆布たたむ　『矢文』

北限に住むさびしさを涼しさに　〃

この北限に懸命に生きる人々の生活を眸先生は温かな眼差しで詠まれている。私がこの旅で出会った人々も優しく、親切だった。厳しい自然に抗わず、寄り添って生きているのだ。

旅も終わりに近づき、バスに揺られて感慨に耽っていると、いつしか岬は海霧に包まれていた。最北端の海岸に着き、やっと霧が晴れてきた。

北緯四五度三一分。「日本最北端の地の碑」の先端が海と空へと、鋭く突き出している。天気のよい日は、ここからサハリンの島影が見えると言う。かつて望郷の想いでここに立った人も多かったに違いない。私も沖を見やり、しばらく佇む。
今はただ、茫々とけぶる海原に、涼しい風が吹くばかりであった。

（「朝」平成二十三年八月号）

宗谷岬「日本最北端の地の碑」

はるかなる風の盆

富山市八尾。そこは「風の盆」で知られる町であり、また、岡本眸先生が句を作られた地でもある。

初秋の一日、飛騨高山からバスで山を越え、富山市内から八尾町へと向かった。八尾の町民ひろばの駐車場へと着いたのは、日暮れが迫る頃であった。バスを降りると、あたりにまだ昼の熱気がかすかに残っている。北陸富山といえども、今年の残暑は酷かったのだ。

ここで毎年行われる「風の盆」は、昔から九月一日からの三日間行われるのだが、当日はあまりにも人出が多いこともあり、最近は「前夜祭」と銘打ち、まだ八月中から各町内で踊りを披露するようになっている。

広場を見渡すと川を渡った先に崖が切り立ち、坂道がある。ぼんぼりが点り、人が登ってゆく。崖上に町があるのだ。

朱塗りの橋を渡り、崖の坂を登る。だんだん登ってゆくうちに、夕日もすっかり落ちて、辺りは闇が濃くなった。おのずと足が速まってくる。

坂を上り詰めると、西町の辻に着いた。ぼんぼりの灯りで古い格子戸の町並みが浮かび上がり、まるで舞台の花道のような美しさである。

山垣に載せて切子のやうな町　『手が花に』

風の盆夕日の坂となりにけり　〃

眸先生がこの地を訪れ、右の句を作られたのは昭和六三年のこと。今から二十数年前になる。

夕暮れの坂を登って眼前にある町は、まさにこの句の通り。格子戸から洩れる灯が、切子細工のようにも見え、幻想的だ。

道沿いにはもうすでに多くの見物客が並んでいた。

夕風も止み、人いきれで蒸し暑い。路上の簡易郵便局で記念切手を買い、団扇をもらって煽ぐ。踊り手の写真が印刷されており、道行く人の多くが同じ団扇を手に煽いでいた。

しばらくすると、奥の町角からお囃子が聞こえてきた。

ひとごゑの濃くなれば歌風の盆　　　　『手が花に』

「風の盆」流し踊りの始まりである。

踊り笠を深々と被り、顔を隠した若い男女の一団が、手を伸ばし、白足袋を静かに運んで踊って来る。

まだ中学か高校生だろうか。手足が若く細く、美しい。そのあとに、まだ幼い子どもたちも覚えたての踊りを披露している。神妙な顔がなんとも愛らしい。沿道にはその親達が心配げに見守っていた。

踊り来し手足露けくまだ幼な　　　　『流速』

歌はれよわしや囃すとて露まみれ　　　　〃

眸先生がこの地を再び訪れたのが平成九年のこと。富山県の「朝」会員のご案内で、先生に同行された会員も多いと聞く。

いま目の前を、揃いの浴衣姿の歌い手、囃し方、太鼓、三味線、さらに、のけぞるようにして歩きながら胡弓を演奏する男たちが続く。哀愁に満ちた弦の音色と「越中おわら節」の歌とが見事に調和して耳に心地よい。

袂吹きたもと吹き秋風となる　『流速』

踊りのしんがりには、一目で踊り上手とわかる女性が、風に吹かれる袂を手指で押さえるようにして踊る。その艶やかで流麗な踊りに、思わず見とれてしまった。

全国的に有名となった「風の盆」だが、元は祖霊を祭る行事であったものが、風害を防ぎ、豊作を祈願する風祭と合わさったものと考えられている。その踊りは年月を経て改良され、洗練されてきたのだという。

はるかなるものを指しては踊るなり　『流速』

踊りを見ていて、師の名句の中でも有名なこの句を思い出す。「はるかなるもの」とは、この世ではなく、あの世のことなのだろうか。踊りには、不思議な魔力がある。見ているうちに吸い込まれるような気分となり、私は道端で呆然と立ち尽くし、その場から動けなくなってしまった。

女の踊りもよいが、男踊りの姿が佳い。黒い装束ですっきりと直線的に手を伸ばし、脚を高く上げて踊る。案山子のようにも見えるが、その伸ばした手の先には、黒々と闇に包まれた立山連峰、そして一方には日本海が続いているのだ。

夜も更けてくると、踊りの輪も小さくなり、踊り手は、だんだんと自らの踊りに没入するかのようだ。夜を惜しむように踊る姿は、どこか哀愁が漂っている。

さみしさの己れへ踊る手足かな　『流速』

名残惜しいが、そろそろ帰らねばならない。

後ろ髪を引かれる思いで町を振り返ると、涼しい風が立ち、すっと木の香りがした。町並みの家の匂いなのか、それとも草樹の香なのだろうか。清々しい気持ちで崖下へと坂を降りてゆく。

道すがら、急に虫の声が大きく聞えてきた。闇から川のせせらぎも聞えてくる。一歩、一歩、夢の世界から現実の闇へと戻ってゆく。あの幽玄な踊りと木の香を忘れないようにと思いつつ、橋を渡り、ふと振り向いた。すると崖に無数のぼんぼりの灯が竜宮城のように連なり瞬いたかと思うと、深々と闇に消えて行った。

八尾は、幻影のような町なのであった。

（「朝」平成二十二年十月号）

越中八尾「おわら風の盆」

浦安の鯊日和

都心から地下鉄東西線に乗り東へ向かうと、いつしか電車は地上に出て鉄橋を走る。秋の日差しを受けて川面が照り、眩しい。川を渡ると、はや千葉県。浦安の駅に降り立った。

浦安は江戸時代から昭和まで、東京湾を漁場とした漁師町として栄えた。山本周五郎の小説『青べか物語』の舞台としても有名で、虚子が『武蔵野探勝』で訪れた場所でもある。

眸先生も度々、この地を吟行されている。昭和四十年に、ご主人と共に訪れた折には、数多くの作品を句集『朝』に残された。きっと思い出深い地でいらっしゃるのだろう。現在では埋立てが進み、かつて海であった所に東京ディズニーランドやホテル、住宅街が広がっている。しかし川沿いに昔の風情も残っており、師の句の跡を訪ねることにした。

まずは浦安駅から程近い魚市場を覗くと、浅蜊や岩牡蠣、沢山の貝が笊に盛られ、近場の新鮮な魚が電球に照らされ、輝いている。佃煮や惣菜、海苔……どれも美味しそうだ。片隅で女性が二人、貝桶を囲んで作業をしつつ話し込んでいた。

貝剝きの頭上の笊に毛糸玉　『朝』

魚市場から少し歩いて船圦緑道に出る。きれいに整備された道だが、かつては漁の舟が行き交う川であった。近くの神社には、東京湾で鯨を生け捕った記録を残す碑もある。

緑道を折れると川端へ向かう途中に佃煮屋があり、すぐ脇に作業場が見えた。誰もいなかったが、貝剝き小屋なのか、バケツや道具が無造作に積まれ、雑巾が干されていた。

柄杓代りの貝置き夜業の水呑場　『朝』

児童公園の地蔵尊を曲がるとすぐに護岸堤に突き当たる。石段を登ると、目前の景色が大きく広がった。

空が高く川風が心地よい。この大きな川は江戸川の旧本流で東京湾の河口に近い。岸壁に沿って、艀がいくつも浮き、漁船や小舟が繋がれ、川波にカタカタと音を鳴らしていた。堤の上の遊歩道に老人が独り、じっと川を見つめて座っている。その日焼けした横顔には、長年海で働いた皺が深く刻まれていた。

さらに河口に向けて歩くと赤い提灯をつけた屋形船や釣り船が繋がれている。

赤提灯赤くうつりて海苔《べ》舟溜《か》　『朝』

風出でて舟哭く寒さ極まらむ　〃

土手下には昔ながらの船宿が並んでいる。沖に船を出しているのか、秋簾を下ろし、ひっそりとして誰もいない。硝子戸には釣果の魚拓がびっしりと貼られてあった。

鉄橋の下をくぐるとすぐに、大きな水門がある。境川西水門。左手の町中から川が注いでいるのだ。旧江戸川の護岸堤を降り、境川沿いの古町を歩くことにしよう。

日除してまだ働ける舟大事　『知己』

朽舟を朽木に舫ふ昼の虫　〃

境川は生活川である。かつてはこの猫実辺りの草土手から海苔舟を漕いで漁に行き、畑を耕して暮らしていたという。現在は護岸されているが、所どころ芒や猫じゃらしが風に靡いており、今も人々の生活の中で親しまれている。

水門近くには、古い舟や小舟が雑然と繋がれている。まるで襤褸切れのような朽舟もあるが、陽光が差し、ゆったりと静かに舫われていた。その間を、多くの釣り人がのんびりと糸を垂れている。年配の一人にそっと声をかけると、まさに鯊日和、とのこと。今日はよく釣れるらしい。よく見ると小さな魚影が動き、少し離れた川面で尾が跳ね、光った。

正面に川置く生活秋旱　『知己』
濯ぎては色手放して女に秋　〃

境川沿いをそぞろ歩いていると、川すぐの木造の家の前に板を渡しただけの舟着場がある。昔はここで洗濯物を濯ぎ、夏の涼をとったのだろう。向う岸の家では、幼な子がシャボン玉を川に飛ばして遊んでいた。

橋を渡ると清龍神社があり、川から一本入った路地に、昔ながらの町並みが残る。

明治初期の建物という商家に入った。土間を上がると、柱はよく磨かれて黒光りし、奥に座敷が広がっている。清々しい風が、中庭から入ってくる。この縁側で師も休息をとられたのかもしれない。

秋爽と古りて沓脱石高き　『知己』

垣根の隣は銭湯らしく、桶の音が響いてきた。懐かしい庶民の暮らしが目に浮かぶ。旧家を出て路地を行くと、蕎麦屋や天ぷら屋に並んで古い荒物屋の硝子戸も見える。空き地には車に荷を積んだだけの魚屋が店を出し、近所のお年寄りが三人、笑いながら買い物をしていた。

さらに豊受神社や弁天様を過ぎると、川岸の沿道が急に広がった。この辺りから先は、以前は海であったのだろう。

海見えて石焼諸屋もう呼ばぬ　『朝』

風が出て急に肌寒くなってきた。そろそろ夕暮れも近い。来た道を振り向くと、空を舞う鳥の群が先程の水門近くに降下するのが見えた。

戻ってみると、すでに釣り人はなく水門は暮色に包まれている。朽舟の上には今、着水した鴨が数羽、羽を休ませていた。川は秋の彩を深めていたのだった。

（「朝」平成二十三年十月号）

旧江戸川の河口近辺

雪の新潟、村上

年が明けて松も過ぎた頃、日本海沿いを旅した。新潟駅から羽越本線に乗り換え、雪原の中を夜汽車で走る。窓の外には線路際の雪の壁、その先は漆黒の闇が広がる。遠くに灯りが点々と見えるが、まるで銀河を走っているようだ。

午後十時過ぎに村上駅に着いた。辺りは銀色に静まり返って影一つ動くものなく、町ははや眠りについていた。

凍りついた道を何度も滑りつつ歩き、なんとか宿にたどり着く。夜更け遅くに部屋で一人、白湯を飲むと、その甘さにほっと安堵の息をついた。

口ふくむレモンひとひら雪降り来　『流速』
木々枯れてぐらりぐらりと日本海　〃

眸先生は日本海の冬景色と、そこに住む人々の暮らしをこよなく愛され、「朝」支部のある富山だけでなく、ここ新潟にもたびたび足を運ばれた。右の作品は平成八年の作である。

師が村上市を訪れたのは昭和六三年の冬であった。月刊誌に俳句を連載されており、作品を作りにいらしたのだろう。その折は、海岸にある瀬波温泉に宿泊された。風光明媚な温泉地であり、かつて与謝野晶子はその風情を愛し「いづくにも女松の山の裾ゆるく見ゆる瀬波に鳴る雪解かな」等わずか一、二日で、四五首も短歌を詠んだという。

私は翌朝すぐに路線バスに乗り、瀬波温泉へと向かった。海沿いは大きなホテルや旅館が建ち並び、路地から海水浴場入り口の看板を頼りに、浜辺へと出た。

波しぶき宙を降りくる冬の菊　『手が花に』

冬雲を割って朝日が差し、大海原が青々と広がっている。砂浜は弧を描き、その先は雪を冠る山々へと繋がっていた。沖に白波が立ち、水平線がぐるりと太く、濃く見える。この海に沈む夕日は格別であるという。師もきっと、この雄大な景色にしばし佇まれたことだろう。

足元を見ると、波打ち際近くに花壇がある。さすがに今は常緑の葉が雪間に見えるだけで、花は残っていなかった。

渚なき海をさびしと目貼しぬ　『手が花に』

先生が滞在されたホテルは、浜辺から少し離れた崖の上にあった。遠目に威容を誇る建物はそのままだが、今は営業を停止し、廃墟となっている。ホテルへと通じる急な上り坂は凍りつき、来る人を寄せつけない。背後にある池への道も雪と氷で閉ざされ、一切を拒絶するようであった。

近辺には民家が並び、窓には強い海風を防ぐように、目貼りがしてある。厳しい冬の暮らしが想像された。

ここからはタクシーに乗り、海岸線を北上することにした。

しばらく走ると鮭が遡上する三面川に出る。村上市は江戸時代からこの川の鮭漁で栄えた。川上には孵化場もあり、現在も鮭はこの地の大切な産物となっているのだ。

そのまま川を渡り、山の迫る海岸沿いの道を行くと、海沿いに昔ながらの板壁の家々が建ち、波打ち際までの狭い畑に作物が作られている。車道の山側には、稲田の刈跡も見えた。

冬ごもり猫額の田を打ち重ね　『手が花に』
埋立つるすべなき海へ冬構へ　〃

道路際には、背の高い、棒杭のような稲架木が並び立つ。秋には横に棒を渡し、刈取った稲束を天日に干すのだ。
風は強いが、海岸は雪深い市内より温かく、雪も少ない。少しの土地も惜しんで耕し、今は自家用の葱や青菜を育て、越冬の糧としている。ほんの猫の額ほどの田畑に、漁師はここに暮らす人々の苦労を思い、その営みに愛しさを感じられたに違いない。
さらに北上すると岩陰に小さな漁港があった。突堤に漁船が繋がれている。

漁夫十人冬海に獲て僅かなもの　『手が花に』

その時はきっと不漁だったのだろう、作品に漁師達の暗い顔が想像できる。今日のように沖が荒れていたのかもしれない。すでに漁は終わったのか、今は人影もなく、小型の漁船が数隻、肩を寄せるように繋がれているだけであった。

鰤舟を降り来る誰も若からず　『手が花に』

村上市の最北、笹川流れと呼ばれる海岸に着く。荒波で岩が浸食された海岸で、松が茂る大岩に怒濤がぶつかり、飛沫が舞い上がる。日本海ならではの迫力ある景観であった。

村上の市街へと戻り、車を降りて町並みを散策する。

かつての村上藩の城下町で、古い武家屋敷や町家が残されている。屋根に雪が積もり、軒先に干鮭が吊ってある様子はこの町独特の佇まいだ。雪道の商店街を行くと、漆器を扱う店があった。朱の色が艶やかな村上堆朱の品が並んでいる。

父母の世の寒さのいろの堆朱彫　『手が花に』

この地特産の村上木彫堆朱は、木彫した素地に何度も漆を重ねたものである。師はその朱色の漆器を手にされ、かつての日本の家の寒さ、暗さを鮮やかに思い出された。この町の風情が師の詩情を醸したのかもしれない。寒さの中を身を粉にして働く漆器職人の姿も彷彿とするだろう。

雪深いこの町の冬は長い。殊に今年は例年にない大雪と聞く。どうか無事に春を迎えられることを祈るばかりである。

（「朝」平成二十四年二月号）

村上市の海岸沿いの畑

春光の奈良

平成四年の春、眸先生は奈良を旅されている。東大寺二月堂の修二会をごらんになられたという。また、二年後の平成六年の春にも、朝会員とともに、奈良の各地を訪問された。どちらも作品が句集『知己』に収められている。

かぎろひて奈良はいづくも土臭き　『知己』

この作品の数年前からNHK入門講座などテレビ、ラジオの出演が増え、俳壇の各種選考委員、選者を務められ、さらには各地に句碑の建立も相次ぐ。実作、指導に加え、様々な行事で多忙を極めていらした。お疲れもあっただろう。しかし、旅の作品では、土の匂いや小さな足音などを五感で鋭く捉えられ、古都らしい風情を見事に表現されている。

足音ころんと東大寺道おぼろ　『知己』

今はすでに修二会の行事も終わり、春爛漫の奈良である。師の足跡と道筋は少し違うかもしれないが、先生の句を鑑賞しつつ、春の一日、古都を歩いてみよう。猿沢の池から五重塔を見上げつつ、スニーカーの紐を締め直した。

東大寺の参道へと一歩踏み入ると、ゆったりとした空気に包まれた。千年の歴史を刻む名刹の佇まいだ。木々の合間から、角の落ちた鹿が歩み寄る。南大門を抜け、大屋根に金色の鴟尾が光る、大仏殿へと向かう。

桃の花加へ背負籠ひと揺すり　『知己』

大仏殿は老若男女、外国人も多く賑わっている。累々と訪れる人々を、いつの世も、大仏様はここでじっと優しく包むようなお顔で迎えているのだ。

外へ出ると、桃の花が今を盛りと咲いている。大仏殿の脇には小川が流れており、若草が青々と生え、麗らかな日差しに桜も咲いていた。東大寺の広い境内は若草山へと続いている。山麓にある二月堂へと歩こう。

二月堂へ続く裏参道は、ゆるやかな石段を登る。左右は、土壁や古い瓦を重ねた築地塀が低く連なり、脇を疎水が流れ、せせらぎの音が快い。何人かの学生達が制服姿で画板を広げ、行き来する観光客も、静かに目礼を交わして行く。

礼をなす低さに春の築地塀　『知己』

築地塀の先、急な階段を上がった崖に二月堂はある。回廊を張り出した舞台造の建物で、回廊に立つと春の日差しが眩しい。お水取りの夜は、ここから松明の火の粉が降るのだ。

すぐ横に茶所があり、広く質素な水屋があった。ここでは各自でお茶を淹れ、茶碗をすすぐ。師もここで一服されただろうか。熱いお茶を啜りながら、師の作品を思い出した。

次の作品には「二月堂」との前書きがある。修二会の折には、多くの修行僧がこの二月堂に集うのだろう。僧坊の日常の営みを師は見逃さなかった。

大釜の米押し洗ふ春の暮　『知己』

二月堂から麓の道を春日大社へと向かう。

手向山八幡宮を抜けて行くと、奈良墨の老舗や土産物屋などが並んでいる。刃物や古物も多いようだ。ふと道沿いの山側を見ると、芝の上に鹿が数頭、座って日光を浴びている。目を細め、怠惰そうな様子は孕み鹿なのかもしれない。

奈良は日の溢るるところ草の餅　『知己』

鹿の前を通り、春日大社の深い森に入った。社殿を参拝し、参道から「ささやきの小径」を行く。静かな森の道で、名の通り川音がささやくように聞こえ、馬酔木の白い花が咲いていている。青袴の神官が、足早に通り過ぎて行った。

道は森を抜け、高畑の住宅街に出た。

急に現代に戻ったような感覚を覚えたが、民家の角に「新薬師寺方面・山の辺の道」との道標が見える。古代からの道が、今も人々の暮らしの道になっているのだ。

道標を頼りに、新薬師寺に着く。日本最古の十二神将像のある簡素な本堂を出ると、風が涼しく、土の匂いがした。

煙草屋を守り名ばかりの畑も打ち　『知己』

鳥帰る藁しべいろに田をつなぎ　〃

この辺りは家々の合間に田畑が広がっている。夕餉の支度なのか、裏の畑に菜を採りに行く人も見えた。懐かしい田園風景にしばし見とれていると、子供達の自転車にすれ違う。日が傾いてきたのだ。先を急ごう。

路地を折れると山側に急な石段が見えた。白毫寺。ここは春の椿、秋の萩で有名な花の寺である。息を弾ませて石段を登ると、先生もお詠みになった、紅白の花を咲かせる「五色椿」の大木が今を盛りと咲いていていた。

さらに本堂裏の崖まで、椿で埋め尽くされている。真っ赤な落椿が夕日に照らされ、芯が黄金に輝いていていた。

一花地に触れて椿の完成す　『知己』

差引の合ひて椿のまつ盛り　〃

寺は高台にあり、奈良市街を一望できる。五重塔、寺社や学校……田畑が耕され、はるかに山々が青く霞んでいる。千年の昔から人々はこの地で暮らし、祈り、詩歌を詠み続けてきたのだ。夕日の中を、鳥の群が小さく消えて行った。

（「朝」平成二十四年五月号）

奈良東大寺大仏殿

惜春の浅草

影日向しかと東京夏に入る　「朝」平成十七年

五月の黄金週間のよく晴れた一日、浅草は大勢の人で賑わっていた。まさにこの句のような日差しが眩しい。駅から雷門の赤い大提灯まで人波を掻き分けてやっと着くほどの盛況だ。

浅草へ仏壇買ひに秋日傘　『母系』

浅草といえば、この句を思い出す人も多いに違いない。先年にご主人を亡くされ、その仏壇を買いに行かれる先生の淋しくも凜とした後ろ姿が目に浮かぶようだ。
下町生まれの眸先生は、都会の中でも懐かしい風情を残す浅草が大変好きで、ここに住んでいらしたこともあった。

毎月の「朝」本部例会は今も二天門近くの台東区民会館で開かれ、研鑽の場となっている。いつもは大通りを句会場へ直行するので、仲見世を通るのは久しぶりだ。軒先高くに提灯や旗が飾られ、人形焼屋には長い行列ができている。

男来て羽織紐買ふ寒の入　『午後の椅子』

玩具屋、土産物店や小間物屋も老若男女であふれ、活気に満ちていた。仲見世から一筋裏に入ると細い路地に、昔からの風情を今に伝える店も多い。そのひとつが「暮六つ茶屋」だった所だ。店は変わったが、植え込みに緑がこぼれ、懐かしい情緒を残している。

近くにある仲見世会館には入口にお神輿が飾られ、金色の飾りが硝子戸の中で輝きを放っている。すぐ前に江戸時代の歌舞伎狂言の作者、河竹黙阿弥の住居跡碑があり、多くの作品を作った地だという。

水打ちて春宵いまだ灯らざる　『二人』
暮六つ茶屋

この界隈には、他にも先生もよく通われた、名店が多い。中でも、仲見世会館の向かい角にかつて瀟洒なレストランがあり、眸先生お気に入りの店であった。

春深し遺る昭和に身を置けば　『午後の椅子』

浅草（レストラン・ボンソワール）

おぼろ夜の人押し上ぐる螺旋階　〃

「浅草のよいところは何と云っても食べものが安くて美味しいというところにある。いつの間にか仲好くなってしまった店に『ボンソワール』というレストランがある。永井荷風ごひいきだった店で、そこの女性支配人が大変に良い方なので会うのが楽しくてならない。……やや古風な二階の窓から仲見世通りを何となくぼんやりと見つめながらお茶を飲んでいるのが私の最高の憩いになっている」（「朝」平成十四年）

眸先生と例会のあと、この店にご一緒された方々もあるのではではないだろうか。私も以前、小沢昭一さんが取材でいらした折に、ボンソワールでの句会に同席させていただいたことがある。螺旋階段を上ると、クラシックな調度品に囲まれ、白い卓布が広げられていた。懐かしく、華やかな別世界に踏み入る感覚がしたものだ。

浅草の夜寒ぞよけれ句に集ひ　『午後の椅子』

小沢昭一さんを迎へて

残念ながらこの店はなくなり、現在は浅草らしい和風雑貨の土産物屋として若い女性客で賑わっていた。
浅草寺の境内へと入ると、青空に五重塔が映え、本堂の大きな瓦屋根との対比が美しい。祭事でなくとも露店が並び、線香の煙が濛々と立ち上っていた。本堂の裏手は広場になっており、ここでは様々な市が立つという。

浅草寺菊供養

膝に置く供養の菊のかろさかな　『冬』

近々と人の顔ある草の市　『二人』

年末には羽子板市、がさ市（年の市）なども開かれる。
「……短日の頃とて境内は夕闇が濃い。その中にがさ市に並ぶ注連飾などの新藁の匂いが漂っているのは何とも心温まる。下町に育った私などには家族や幼馴染などにつながる懐かしい匂いなのである」（前出・「朝」より）
今は閑散とした広場に、鳩が集うばかりであった。二天門から大通りへ出て、隅田川へと向かうことにする。

川あればり舟ありいまに梅若忌　『二人』

船着場のある吾妻橋から隅田川を望むと、川の両岸はすっかり葉桜の緑となり、夕風に靡いでいる。舟の繋がれた川面を夕日が照らし、ゆらゆらと波に漂う。汽笛が低く鳴ったかと思うと、硝子張りの遊覧船が静かに出港して行った。

梅雨川に厨口向け一町内　　　『母系』

そろそろ夕餉の時間である。隅田川沿いはビルが多くなったが、今も生活の匂いのする家並がすぐ近くに見える。

橋に立つと皆、何するでなく欄干に身を凭せ、風に吹かれている。葉桜の陰には犬を連れて散歩する人も見えた。

「……東京のどこが良いのかと自分でもおかしくなるが、山河清きばかりが故郷ではない。ネオンのうつる水たまりも焼鳥の匂いのする路地も、そこに生まれ育った者にはいちばん心が落ち着くのである」（『川の見える窓』より）

東京育ちの者には真に頷ける言葉である。川向うに聳えるスカイツリーも、すぐに故郷の景の一つとなるのだろう。

（「朝」平成二十三年五月号）

浅草寺雷門

爽涼の軽井沢

服薬の水は青葉にかざしてより　『流速』

なんと清々しい水だろう。服薬の水、とあるがコップに透き通る緑は高原の青葉。ひと口含めば、命も延びるようだ。平成七年、軽井沢での作品。
先生は避暑地の軽井沢がお好きで、折に触れて訪れては、数々の句をお詠みになっている。残暑の東京を逃れ、秋風の立つ涼しい軽井沢へと向かうことにした。

夏菊に鉛筆描きのやうな雨　『流速』

軽井沢に近づくと、車のガラスに細い雨が点線を描いた。別荘地の林は昼も近いというのに白く霧がかかり、しんと静まり返っている。道の両脇、別荘の低い石垣には羊歯の葉が青くしっとりと濡れている。コスモスや薄紫色の夏菊に、まさに鉛筆描きのような細やかな雨が降り注いでいた。

静謐な林の中を軽井沢南ヶ丘倶楽部へと向かう。かつて眸先生が度々訪れた所で、同行した会員も多いと聞く。


ふと思ひあとは溺れて深みどり　『流速』

露涼し鳥語燦々と空拓き　〃

ここは中央工学校の寮であるが、入口には瀟洒な美術館があり、庭園が続いている。敷地に学校関係の宿泊施設はもちろん、文化財や茶苑、能舞台まで整った文化的な総合施設なのである。美術館で国内外の素晴らしい絵画コレクションを拝見した後、橋を渡り、庭園に出た。

苔が一面に照り輝いている。赤松の樹々の間を、霧がうすうすと流れていた。滴るような緑をうっとりと眺めていると澄んだ鳥の声が聞こえてきた。聖なる空間とでも言おうか。師の珠玉の作品が生まれた場所である。

林の中に大きな茅葺屋根の古民家がある。約一八〇年前の豪農の家を移築、改修した資料館「三五荘」で、国登録有形文化財になっているという。壁は白漆喰で、木組みとのコントラストが美しい。中に入ると、太い柱と梁が交差し、いかにも堅牢な造りだ。併設の茶房があり、昼食をとることにした。早朝に出発した旅の疲れもあったのか、供された一杯の水がとても美味しかった。

水飲んで鈴となりけり更衣　『流速』

夏はもちろんだが、秋や冬の軽井沢も素晴らしい。

先生はご主人のご縁もあり、若い頃から何度もこの地にいらしているが、特に冬の景がお好きだった。「軽井沢の深沈と透明感のある寒気が好き」とお書きになっている。

冬山を仰ぐ身深く絹の紐　『朝』

われのみのために音立て枯野茶屋　〃

昭和四三年の作品。風花の舞う日、茶店の客は先生お一人だったという。次の作品も冬。冬山に対峙される、凛とした姿が目に浮かぶ。

ふところに一枚の櫛雪山へ　『母系』

びしびしと星生れつづく毛帽かな　〃

寒林に夾雑物のごとく居る　『流速』

この作品に詠まれた林に佇み身を潜めていると、自身を「夾雑物」とする把握にしみじみと孤独な魂を感じるのだ。

黄落の干戈交ふるごとくなり　『十指』

昭和五九年秋、「朝」吟行会で草津から浅間山麓へ行かれた折の作品。山中の黄落の激しさ、荒々しさを力強く、格調高く詠われた。

「それはまさに樹木と寒気との壮絶な戦いの場であり、刀折れ矢尽きる生物の修羅場であった」と自解されている。

今、軽井沢は秋を迎え、日も短くなってきた。雲場の池に着くと、水面をみるみる霧が湧き、通し鴨も周りの樹木も、すべてを白く覆いつくし、まるで神隠しのようであった。

避暑期過ぐ木立の上に汽車見えて　『知己』

翌朝、軽井沢駅からしなの鉄道に乗り、小諸へと足を延ばした。夏休みも終わって乗客も少なく、高原列車の窓からは秋風が快い。途中、信濃追分駅のホームには秋草の花が零れ薄の穂が揺れていた。

爽涼と地を絞り立つ一樹一樹　『知己』

小諸駅を降りると、鄙びた城下町の風情である。小諸城址のある懐古園もすぐ近くだ。城門をくぐると欅が聳え立ち、古く苔むした石垣が続く。城は天守台だけが残り、城址には神社が祀られてある。近くには草花が植えられ、竜胆が濃い青色の花を咲かせていた。

小雨が降り出したが、しばらく行くと島崎藤村の『千曲川旅情の歌』の石碑があり、どこからか草笛の音が聞こえた。その先が展望台となっている。視界がひらけ、信州らしい景色にしばし佇んだ。

物がよく見えて秋澄む佐久平　『知己』

秋雨で白くけぶってはいるが、はるか眼下に千曲川を見渡せる。ダムから勢いよく水が迸り、大きく曲がって流れ、その先に田畑が広がっている。
佐久平は実りの秋であった。

（「朝」平成二十三年九月号）

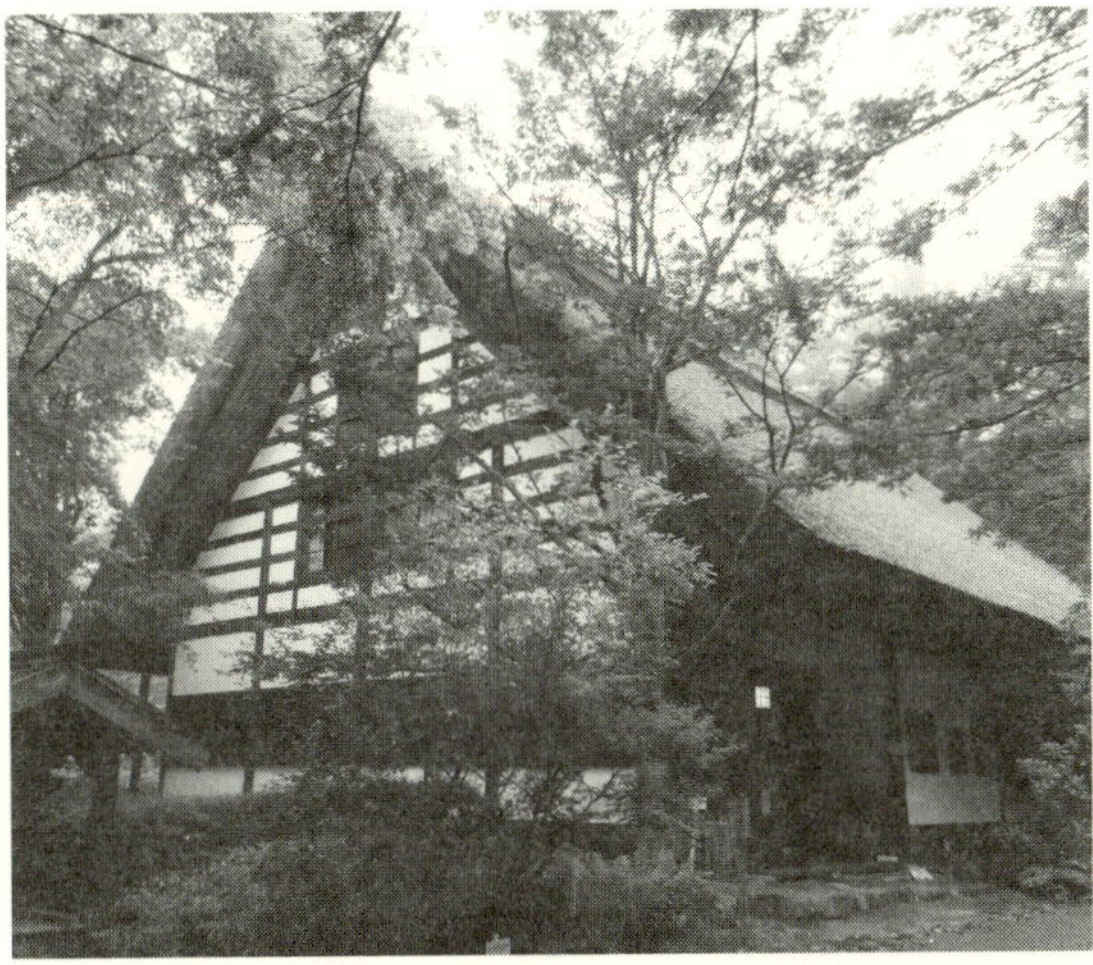

軽井沢・南が丘美術館「三五荘資料館」

山形の夏景色

六月の梅雨最中に東北新幹線仙台駅から仙山線に乗り換え山形へと向かった。車窓からは、線路際の青葉に続く山の緑に圧倒され、まさに「みちのく」を実感する。

眸先生は度々山形を訪れられたが、この地にご縁ができたのは昭和六十年、羽黒山俳句大会に招待された折に、山形県在住の中鉢時雨さんとお会いしたのがきっかけと伺う。「山形朝の会」が発足し、中鉢さんと東京の服部幸さんの妹さんで今は亡き加藤敦子さんを中心に句会が開かれるようになった。数年後には会員の皆さんの熱意で、俳聖芭蕉が訪れたことでも知られる山寺の麓に、眸先生の句碑を建立されたのだ。

わづかなる高さをもつて夏野駅　「朝」平成九年

列車は山間部を抜け、山寺駅に着く。高台にある駅のホームからは岩山に突き出た立石寺の僧坊が見える。この日は東北でも真夏日になるとのこと、午前中に山門をくぐり、多くの観光客と共に一人、山腹の千余段の石段に挑んだ。

立石寺は、慈覚大師により八六〇年に開山された霊場で、松尾芭蕉の「閑さや岩にしみ入蟬の声」で有名である。

根本中堂を参拝し、力がつくという名物の蒟蒻を食べて準備万端、急磴に向かう。鬱蒼とした杉林の中、息を弾ませて細く急な石段を登っていく。途中、苔むしたせみ塚や仁王門を過ぎ、絶壁の上に建つ五大堂に辿り着いた。

夏雲が近くに湧き、万緑の山々が迫る。汗の身に山風が快い。眼下に町の家々が小さく見え、まさに絶景であった。

さらに奥の院まで参詣したが、下山道になるとさすがに膝が痛んできた。せみ塚まで下りると縁台があり、腰をかけて一息つく。まだ蟬声は聞こえないが、涼しい鳥声が響き渡り、身の透き通る思いがした。

朝の衣の冷えのしばらく百千鳥　『十指』

この句が刻まれている師の句碑は、駅からもほど近く、立石寺を一望できる「山寺風雅の国」の桜の丘にある。苑内には山寺芭蕉記念館や食事処もあり、静かで落ち着いた佇まいだ。句碑までのゆるやかな遊歩道沿いは白い芍薬が満開で、誘うように風に吹かれている。

大事にされ梅雨入の句碑のこざつぱり　「朝」平成九年

師の句碑が建立されたのは平成五年の春。以来二十年近くになるが、山形の会員の方々がよく手入れをされているのだろう、石の面も艶やかに、風格ある佇まいだ。周囲は掃き清められ、葉桜の枝もさっぱりと剪定されてあった。

除幕式には全国から会員が参集し、式典の最中に桜の花が満開となったとのこと。思い出される方も多いことだろう。

咲く前の祭支度のやうな花　『知己』

山寺や雨意も薄日も木の芽いろ　「朝」平成五年

建立時の師の作品で、明るく、心躍りが感じられる。

句碑一周年の秋にもこの地で記念吟行会があり、この句碑の前で名物の芋煮鍋が振舞われた。

爽やかに雨後のベンチの拭かれあり　『知己』

秋高し飲食の具を草の上　〃

会員とともに和やかに鍋を囲む先生の姿が想像される。爽やかな秋空の下、何よりのご馳走と喜ばれたことだろう。今も句碑近くにベンチがあり、屋外で調理できる炉が見えた。

その日の夕方は山形駅から左沢線に乗り換え、寒河江に宿泊することにする。寒河江では「山形朝の会」の矢作裕子さんがご家族と共に出迎えてくださった。さらには山形市内から松浦いね子さんも駆けつけてくださり、一緒に美味しい郷土料理に舌鼓を打ち、山形での師のお話を伺ったのである。

夕食後、最上川まで車で案内していただく。途中、赤々と熟したさくらんぼの果樹園を通り、川岸を臨む。流れは思いのほか速く、対岸の夕闇から蛙の声が聞こえてきた。草を刈った後なのか、さっと夜風が立つと、夏草の匂いがした。

一望の青の遅速も植田照　『午後の椅子』

翌日、朝早くのバスに乗り、青々とした植田照の中を一路、月山へと向かう。平成十五年五月に句碑十周年を記念して吟行会が開かれ、その折に師は月山の麓まで足を伸ばされた。雪渓を身近にされ、その感動を作品に成されている。

雲は夏手を洗ふべく雪摑み　　『午後の椅子』

雪渓をけもののごとく叩き撫す　　〃

バスを乗り継ぎ、山中にある県立自然博物園に着いた。

すでに六月の半ばだが、まだ雪が残っているのに驚く。折しも雨が降り出し、月山の山頂は雲に覆われていたが、雪渓の残るブナ林を女性ガイドと散策に出かけた。山紫陽花の咲き出す山道を登山靴で行くと、一面の雪景色だが、表面に毛の生えたようにも見える。よく見るとブナの梢が埋もれているのだ。まるで獣の背のようなその姿に、前出の師の作品を思い出した。

雪渓の解けた水辺には、水芭蕉が白い炎の形をして群生している。さらに山中を奥に入ると、水量の増した源流がごうごうと音を立て、その勢いに川面は白々と煙っている。

山は雪景色から春、夏へと一気にその姿を変貌しようとしていた。

（「朝」平成二十四年七月号）

「山寺風雅の国」に立つ句碑

出雲路の秋

久しぶりの遠出の旅である。胸を躍らせて新幹線を岡山駅で乗り換え、特急「やくも」は山陰本線、松江駅に着いた。

　眸先生が島根県文化祭の講師としてこの地を訪れたのは、平成三年の十月末のこと。翌年の『朝』一月号に、その折のことを身辺抄の作品とともに、エッセイに書かれている。会場は松江からだいぶ山の中へ入った大東町であった。

　同じ季節に師と同じ場所に立てると思うと期待も高まる。今回は松江在住の同人・富田郁子さんと池田鶴代さんにご案内いただき、車で大東町を訪ねることにした。

太注連に冬来る前の日の溜まる
「朝」平成四年

　松江から三十分位だろうか、車は古く静かな社の前で止まった。須我神社である。本殿の手前に新築の門があり、潜るとふっと藁のよい匂いがした。見上げると、真新しく太い注連縄である。藁の切口が真っ直ぐに揃い、秋の日差をたっぷりと受け止めていた。

ここは須佐之男命と稲田比売命が宮殿を建て住まわれたあとを神社にしたとされ「日本初之宮《にほんはつのみや》」と通称されている。本殿すぐ横に石碑があり、日本で一番古い歌とされる「八雲立つ出雲八重垣つまごみに八重垣つくるこの八重垣を」が刻まれてあった。奥宮のある山は八雲山。和歌発祥の地とされる由縁である。

参拝をしていると神楽笛が聞こえ、ボランティアの方に声をかけられた。神社の縁起を紙芝居で見せてくださるという。須佐之男命の八岐大蛇退治や、この地ですがすがしくなり、須賀と命名したことなど、手描きの絵や真に迫る語りに思わず引き込まれる。物語はこの地で盛んであった里神楽によって伝承されてきたのだ。

巫女舞の鈴振れば田の枯れ急ぐ　「朝」平成四年

姫御前に農の手のぞく里神楽　〃

里神楽終へし着替のあからさま　〃

眸先生も、この地で夜神楽の鑑賞を楽しまれた。

前の句は、その折の作品である。「演じるのは近隣の農家の方たちで……野趣味のある、なかなかに面白いものであった」と書かれており、作品からも興味深く見入る姿が想像される。

残念ながら今回は実演を観ることはできなかったが、里神楽の資料を展示している「古代鉄歌謡館」で、その内容を見ることができた。館内に入ると里神楽の面がずらりと並び、張子の大蛇が天井から迫ってくる。ビデオで演舞の様子を観ていると、眸先生の文章の一節が思い出された。

「……出演者の中で稲田姫だけは終始立ったままの一言も喋らない。そこで『あのお姫様役なら私にも出来そうだ』と言うと、傍らにいた町の人が『余り大柄ですとどうですか……』と相槌の言葉を濁した。成程、稲田姫があまり肥っていては八岐の大蛇が喉につかえそうで食べに来ないかもしれない。お神楽役者を断られたおかげで無事東京に戻ってきた」

ユーモアのセンス抜群の師の文章には、脱帽である。

大東町を後にし、松江市内へと戻った。

春障子雨濃くなれば息見えて　『流速』

平成九年の春、「八雲旧居」と傍題にある作品である。

NHK「俳句王国」の松江での公開特別番組があり、講師として出演するために再訪された。

小泉八雲の旧居は松江城の近く、濠端に面した閑静な場所にある。妻セツと過ごした元松江藩士の武家屋敷で、こじんまりとした家だが三方を庭に囲まれ、今も当時のままに残されている。御座敷からは障子越しによく手入れされた庭木が臨め、落ち着いた佇まいだ。眸先生もここから春の雨を眺め、しっとりと落ち着いた雰囲気に包まれたのだろう。

この時は百日紅の木が紅葉を始め、何の実だろうか枝先の実が黄色く色づいていた。ここからは宍道湖も近い。

富田さん、池田さんと湖畔に座して広々と広がる湖面に映る夕日を眺め、その美しい景にしばし言葉もなかった。とっぷりと暮れてから夕食を御馳走になり、先生との思い出や俳句の話に花を咲かせた。

鳥引くと城垣人を倚らしむる　『流速』

翌日はあいにくの雨降りとなったが、朝早く、松江城に向かった。松江城は十七世紀初頭に竣工され、天守閣は当時の姿を現存する貴重なものである。さっそく天守内部に登り、眺望のよい最上階にたどり着いた。市内の街の向こう遥かに、神々の棲む出雲の山々に雲が棚引いている。宍道湖は水を豊かに湛え、銀色に輝いていた。

春の湖見えざる雨のゆきわたり　『流速』

湖上をよく見ると雨の中を小舟がたくさん出ている。蜆漁の舟らしい。漁は朝のうちと聞き、近くで見ようと湖畔へ向かった。

雨脚が強くなり、風も出てきた。蜆漁の小舟は湖上の波に揺られつつ、長い竿を水底に立てている。合羽を着た夫婦が舟を操りつつ、竿先の網から大量の蜆を引き上げていた。その肩に、舳先に、雨は容赦がない。古代より湖の恵みを得てきた営みがそこにあった。

（「朝」平成二十五年十二月号）

宍道湖に浮かぶ蜆漁の舟

秋の松山、四万十川

岡山から特急に乗り、瀬戸大橋を渡る。青い海に朝の光が眩しく、島影や船を眺めているうちに微睡んでしまった。

ふと気づくと四国の山中である。吉野川沿いの僅かな田に稲架が並び、黄金色に輝いていた。やがて岩が白く突き出た渓谷となり蒼い川淵が線路の真下に見える。大歩危、小歩危である。列車は風のように山間を抜けて、高知へと出た。

行く春の花より白き岩の照　『午後の椅子』

眸先生が高知県中村を訪ねたのは平成十三年の春のこと。四万十川俳句大会に出席され、同地近県の朝会員の方々にもお会いになった。実は先生の祖父はかつて山之内家に仕えた藩士、高知の出身というご縁もあったとか。その折の旅情豊かな作品が『午後の椅子』に収められている。

高知から列車は仁淀川を渡り、車窓から稲刈りをする人々や風に揺れるコスモスが見え、葛の崖が迫る小駅が続く。

植田照小駅つづきて乗降なし

『午後の椅子』

その後は南国土佐の海岸線を走り、中村駅に着いた。

駅前からタクシーに乗り、四万十川の下流を散策する。芒や秋草の群れる川沿いの農道を走り、有名な沈下橋へ至った。沈下橋は出水の折は橋の上を水が流れるように、欄干がない。水澄む季節、足下は川底まで透けて見える。ちょうど落ち鮎の頃で、水面を跳ねる魚影が見えた。川岸に乗合舟も見える。眸先生はここで川下りを楽しまれたと聞く。滔々とした大河は山々を写してゆったりと流れ、まるで刻が止まっているかのようだ。

遠景は動かず暮れて蝌蚪の水

『午後の椅子』

夕永し一人仕事の舟つかひ

〃

四万十川の上流を車窓から眺めようと、中村から窪川まで戻り、山峡をトロッコ列車に乗りこむ。山風が頬を吹きつけ眼下の四万十川は、先ほどの穏やかな貌から野性的な険しい表情となった。岩を打つ白波が迸る。川の勢いは山々の間を大きな竜が尾を振り、天へと駆け抜けるようであった。

大河徂春一望するに息足らず　『午後の椅子』

トロッコ列車を乗り換えると一路、宇和島へと向かった。

海辺の町で一泊した翌日、いよいよ松山へ到着した。

松山は俳句の町として有名だが、眸先生は平成三年から一八年の間に度たびNHKBSテレビ松山「俳句王国」に講師として出演され、年に何度もこの地へ足を運ばれていたのである。

胸もとに薫風を溜め人に逢ふ　「朝」平成一〇年

「松山行・大祝さんらと約あり」と前書きのある作品だが、この大祝えつこさんは松山在住の同人で、先生の来訪時にはいつも当地の会員と一緒に出迎え、食事を共にし、先生もお会いするのを楽しみにしていらしたのだ。私も以前、母とお世話になったが、今回も大祝さんとご子息の大堀龍也さんに車で案内していただいた。

お二人の優しい笑顔には、ほっと心温まる思いがする。さらにこれまでＮＨＫ「俳句王国」で先生が発表された作品を調べてくださった。全てを紹介できず残念だが、テレビ画面の眸先生の姿を懐かしく思い出す方も多いに違いない。

水澄めり今日何ほどを働きし　平成一七年年九月十日放送

句作りは自分探しぞ水すまし　平成一八年七月八日放送

まずは松山城へと向かう。ＮＨＫ松山支局はお城すぐ近くにあり、先生も城山を歩かれたと聞く。天守閣までの古い石段、城壁を見上げ、歩いて登ることにした。思いのほか急な山道で、息を弾ませやっとの思いで天守閣に着く。城山からは街やはるか海を見渡せ、風が快く吹き抜けた。

街音も昼餉どきなる柳の芽　平成一七年二月二六日放送

観光客で賑わう市内を後にし、奥道後温泉へと向かった。奥道後は緑深い渓谷にあり、その宿のロビーは全面硝子張りで前山の見事な景色を一望できる。

昭和四〇年、松山を訪れた富安風生師は、この宿で旅の疲れを癒された。

一生の疲れのどつと籐椅子に　　富安風生

この作品に眸先生は平成一〇年「朝」五月号で「無技巧のようでいて『一生の疲れの』とは容易な発想ではなく『どつと』の効かせ方も見事というほかはない」と絶賛された。そして翌月の朝誌で松山での次の作品を発表されたのである。

籐椅子によべの戻りの旅ごろも　　「朝」平成一〇年

旅の疲れと安堵に、師への追慕の思いが重なって、胸に響く。

車は奥道後から名刹太山寺へと周った。先生の句を想いつつ、遍路道を歩く。道端の草花が風に揺れ、秋の深まりをしみじみと感じたのである。

明日雨といふ夕映の遍路みち　　『午後の椅子』

松山市内に戻ると街は秋祭で一層賑わっていた。道後温泉の古い木造の建物に煌々と灯が点り、大きな山車のようだ。その晩は瀬戸内の美味をいただいて酒杯もすすみ、いつしか松山の夜は更けて行った。

（「朝」平成二十四年十一月号）

松山城を仰ぐ

Ⅳ　日々の冬

白河の冬

みちのくの冬は早い。東北新幹線新白河駅を降り立つと、風の冷たさにコートの衿を立てた。白河は、古来、北の辺境として歌や俳句に詠まれ、松尾芭蕉も『おくのほそ道』でみちのくの一歩を踏み出した地。また私の母で朝同人の加瀬美代子の故郷でもある。駅前からタクシーに乗り、運転手の東北訛りに温まる思いをしながら、市内にある小峰城に向かった。

ゆく雲の北は会津や春田打　『知己』

平成二年、師が城の外濠に佇み、詠まれた作品だ。当時まだ城の復元もなく城垣は崩れ、師はまるで「荒城の月」の唄のようだ、とおっしゃったそうである。

白河小峰城は江戸時代に修築され、多くの大名が交代して統治したが、最後は幕領となり、戊辰戦争でその大部分を焼失した。官軍はここから北へ、会津へと攻めて行ったのだ。会津は亡きご主人の父上の郷里で、一族に白虎隊士が居られたとのこと。様々な思いが胸に去来されたことだろう。

その後、三重櫓と前御門が立派に復元されたが、東日本大震災で城垣の一部が崩れ、外観を見るだけであった。外濠から眺めると、石垣に蔦紅葉が真っ赤に燃え、その上に幻の天守閣のように、大銀杏が高々と黄金色に輝いていた。

鴨来ると宿着の紐の真くれなゐ　　『流速』

平成七年作。晔先生が初めて白河にいらしたのは平成二年のことだが、以降度たび訪れられている。原稿執筆や新聞・雑誌の作品依頼も多くお忙しく、何かと雑事の多い東京の自宅を離れ、自然豊かな地で静かにお過ごしになりたかったのだろう。とくに南湖の湖畔に、よくお泊りになった。

南湖は白河藩主松平定信公が庶民の憩いの場として造った、わが国最初の公園といわれている。那須連峰、関山を仰ぎ、湖畔は松や桜、楓が四季折々に美しい。

宿は観光客の少ない南側の湖畔で、古い和風旅館である。素朴な人柄の主人が作る美味しい料理と、いつもエプロン姿の女将の笑顔が、師を家族のように温かく迎えてくれた。
先生はいつもの二階の角部屋に、自分の部屋のように落ち着かれる。湖水の見える窓辺の椅子に深々と腰掛けて、ほっと安堵されたという。聞こえるのは辺りに広がる赤松並木の松籟と、淋しい鴨の声だけである。

聞きわけもなくまだ咲いて冬あざみ　『流速』

「私はここの冬の風景が好きだった。わずかな松並木のほかは枯一色だが、湖畔の小溝のふちに、枯れ残った薊の花が必死に小さな紅を抱いているのを見かけると、自分を待っていてくれるようでいじらしい」(『栞ひも』より)

師のエッセイの一節だが、今まさにその通りの風景が眼前にある。落ち着いた佇まいの旅館の前には湖畔沿いに疎水があり、土手に冬薊が紅く小さく残っていた。湖畔を少し歩くと、赤松が太い幹を湖へ斜めに突き出している。江戸時代からの美しい松並木で、国指定史跡・名勝のため、手入れも行き届いていた。

年末になると養生のため幹に筵を巻き、縄でしっかりと結びつける。

藪巻の新しければ翔つごとし　『午後の椅子』

真新しい籔巻は結び目も硬く縄の切り先は天に向け、羽ばたくようであったのだ。力強い表現に感動が伝わってくる。

湖上には、鴨が飛来している。まだ着いて間もないのか、その面差しは小さく痩せていた。湖縁を囲む古い杭に、身を丸めて休む鴨も居る。

子の丈に踞めば鴨のよく見ゆる　『午後の椅子』

湯上りに見るやうに見て花八手　〃

ここに逗留されると先生はほとんど遠出をなさらず、湖畔の樹間を散歩され、宿近辺で働く人々の様子を眺めて過ごされた。漬け菜をしたり正月の準備をする日常の景に浸り、愛されたのだ。そんな日々から、この名句も生まれる。

温めるも冷ますも息や日々の冬　『午後の椅子』

「……翌朝……外に出ると硝子のような冷気が顔に張りついた。白河の冬は寒い。視野の中で湖上の鴨が光の粒となっている。私は思わず両手を組み合わせて息を吹きかけた。息のかかった部分が濡れて、すぐ冷えた。また息をかける。……私は自分のいのちの温もりを確かめるように、この行為を繰り返した。くり返すうちに、幼い頃、この手を母の手が包んで、息をかけて温めてくれたのを思い出していた。朝食になると熱い味噌汁を息で冷まして食べさせてくれた。温めるときは「はあはあ」と、冷ますときは「ふうふう」と、母の息の音がした」（『栞ひも』より）

師の代表句とも言われる、いのちの句はこの場所で、旅の日常の中で創られたのである。

「この宿の朝御飯は美味しい」と師が愛された湖畔の旅館は、残念なことだが、この度の震災で被害を受け、営業停止を余儀なくされた。壁の崩れた建物がそのままに残され、玄関の植込みには、白菊が名残りを惜しむように咲いていた。

みちのくは日暮れも早い。

湖上の鴨は蹲り、それぞれが夕日を背に、黒い影となって点々と浮いている。辺りには闇が迫っていた。

（「朝」平成二十三年十二月号）

白河市南湖公園

平林寺の冬紅葉

吹き晴れて、雲ひとつない冬青空の下、東上線志木駅からバスに乗り、平林寺へと向かった。

住宅街を抜けていくと、雑木林が見えてくる。趣のある茅葺きの門の前でバスは停まった。平林寺は、禅修行の道場を持つ、臨済宗妙心寺派の禅刹である。創建は岩槻の地だが六百年前まで遡る。その後、江戸幕府の老中、松平信綱、その子照綱によりこの地に移築された。松平家の墓所、野火止塚などの文化財があり、武蔵野の面影を今に残す広い境内林は国指定天然記念物となっている。

雲はいま光の破片枯木晴　「朝」平成十八年

眸先生はこの自然を愛し、吟行会などで度々訪れられ、数々の句を詠まれた。写真集『四季逍遥』では、この場所で美しい紅葉を背景に、その姿を撮影されている。

総門をくぐると、石畳がまっすぐに山門、仏殿へと続く。十日程前に訪れた折は、山門は真紅の紅葉で華やかに彩られ、大勢の人々が訪れていた。しかし今は人影もなく、枯枝の合間に、山門の茅葺屋根が白々と朝日を浴びている。

添ひ立てば冬たしかなり高野槙

「朝」平成十八年

山門のすぐ右手には、樹齢五百年という高野槙の巨木が聳え立つ。その樹皮は長年の風雨に傷つき、幹も裂かれているが、冬天へと力強く枝を伸ばしていた。

境内には堀水が静かな音を立てて流れ、寒禽の声が鋭い。

仏殿を参拝して本堂へ向かうと、本堂は真っ白な障子で囲まれていた。張り替えたばかりらしく、桟に糊の跡が残る。微風に障子がぴしりと鳴った。

冬晴の身を漂はす微風あり

「朝」平成十八年

本堂の前庭は落葉ひとつなく、掃き清められている。朝晩は冷え込むのだろう、庭土は霜でひび割れ、めくれていた。そこに作務僧の下駄の足跡があり、辿っていくと庫裡への玄関となる。しかし、眼前にきっぱりと青竹が一本。ここから先は修行者でなければ入れないのだ。

人制す竹の一文字冬木寺

「朝」平成十八年

本堂から踵を返し、裏の紅葉山へと向かう。

途中、宝生池という小さな池があるのだが、池面を見てあっと驚いた。水面に紅葉の朱色、黄色がびっしりと散り敷き、錦の織物のような美しさである。散紅葉で埋められた池中を覗き込むと、紅葉に染まったように色鮮やかな緋鯉が、鰭を光らせ、群れ泳いでいた。まさに生きた宝の池なのであった。

冬紅葉の林中を歩いてゆくと、水の涸れた小流れがあり、石橋がある。野火止用水の跡が空濠となり、昔の姿を留めているのだ。

橋を渡ると松平信綱公一族の墓所となる。

古い石塔、石灯籠が立ち並び、蒼然とした佇まいである。一歩、墓領の中に踏み込むと鳥声もなく、静寂に包まれた。

この先は、紅葉山散策コースとなる。行く手からは、紅葉狩りに訪れた人々の声が聞こえてきた。

露けさを恋しさに人つどひけり　『矢文』

雑木林の中に道が拓かれ、黄落の木々をゆっくりと眺めながら歩く。朴落葉が散り、青い水仙の芽が吹き出していた。

やがて、紅葉の木々の広場に出た。切株がそのままベンチとなり、招くように冬日が燦々と当たっていた。腰を掛け、師の作品をしみじみと味わうように唱えてみる。

ちちははに今近く居り日向ぼこ　「朝」平成十八年

あたたかな日差しに包まれてじっと座り、目を閉じていると、時空を超えて様々なことが思い出される。幼い日の記憶だろうか。

眼前には、まだ冬紅葉が濃い色を残し、地面は散紅葉の絨毯である。ふと、師がご主人を亡くされた翌年の次の句を思い出す。静かな刻の中で、師は自らの命が生かされていると実感し、冬紅葉の刹那の色に神意を感じられたのだろう。

命とは神意とは冬紅葉かな　『二人』

紅葉が散り敷く道をさらに進むと、赤松が蒼空へ突き出すように林立している。空気が澄み渡り、樹影は濃く、くっきりと刻まれるようだ。その先に、野火止塚がある。常緑樹に囲まれ、こんもりとした塚には冬青草が生えて頂に石碑が見える。ここはかつての野火の見張り台であり、古くはこの平野の各所にあったのだと言う。

「朝」平成十八年

冬日得てむらさき深き木々の影

師の句に導かれて紅葉、黄葉の森の中をそぞろ歩き、やがて下り坂となる。見渡すと、最後の色を惜しむように全山が金色に輝いていた。暫し美しさに陶酔したが、道は僧坊の竹塀に突き当たり、はっと現世へと戻った。

大寺の厨の裏口が見え、大きな竹箒が束ねてある。ポンプ井戸の周囲には漬物用なのか、大きな桶が干されてあった。脇にある古い納屋の軒下には、新しい薪がぎっしりと積まれている。禅寺の年末は忙しい。新年を迎え、さらに厳しい寒さに備えて粛々と冬用意が進められているのであった。

（「朝」平成二十四年十二月号）

平林寺の茅葺屋根の山門

都電の灯

年明けの東京の空は抜けるように青い。三が日を過ぎるのを待って、雑司ヶ谷にある鬼子母神堂へと向かった。参道の欅並木はすっかり裸木となって枝先を天へと伸ばし、その影を格子状に路地へ落としている。

屋台の灯幾つ吊つても欅散る　『流速』

東京の下町生まれの眸先生は庶民の暮らしを愛し、都会の路地裏に古くからある女性達の祈りの場所を訪ねては、多くの句を残されている。今回はそのうちの二か所を、昔懐かしい都電に乗って訪ねることにした。まずは平成八年の冬、雑司ヶ谷での一連の作品である。

鬼子母神は安産・子育の神様として昔から信仰されてきたが、ここの尊像は室町時代に遡り、本殿は一六六四年に建立されたのだという。今も乳母車を押す家族や幼な子の手を引いた母親達が多く参拝に訪れている。
参道の路地を抜け、境内に入ると銀杏の匂いがした。

梢すでに冬の暗さの祭の木　『流速』

境内すぐ左手には、樹齢約七百年という御神木で、雄株の大公孫樹が聳え立っていた。幹の周囲は八メートル、樹高三十余メートル。今は黄金色の葉を根元に敷き詰め、逆光で黒々とした太幹は、日輪を呑みこんだように暗い。

神木の周囲を稲荷神社の朱色の鳥居と幟が囲み、辺りには一種独特な雰囲気が漂っていた。

猫が一匹すっと姿を現したかと思うと、古い駄菓子屋の店先に丸くなった。小さな子が飴菓子の前で足を止めると、母親が「お参りの後よ」となだめている。

本堂を参拝して境内を見渡すと、幾つかの屋台があるが、その中に「すすきみみずく」を売る店があった。

江戸時代から伝わる芒の穂で作った土産物で、親孝行な娘が母親の薬代に困って鬼子母神に願をかけると夢にお告げが現れたという言い伝えがある。今は作る人も少なく、この時期だけの貴重な工芸品だ。大きな目と芒のふっくらとした姿が愛らしい。

境内を出ようとすると、入口すぐ脇に百度石があった。

子を授かりたい一心でお百度を踏む人も、病気の子を案じて通った母親もあったことだろう。寒さの中で、百度石は凜と冬日を浴びていた。


冬はしづかに減りつくしたる百度石　『流速』

鬼子母神を後にし、都電の停留所へと向かった。ここから終点の三ノ輪橋まで午後のひととき、都電の旅である。

車両に乗り込むとチンチン、と懐かしいベルが鳴り、いざ出発。営業マンや学生もいて、車内は満員だ。街中を走る速度は思ったより速い。

大塚駅前で乗り換え客が降り、ようやく座れたが、庚申塚で年配の女性客がどっと乗り込んできた。この停留所からは、巣鴨のとげぬき地蔵が近いのだ。ここで詠まれた師の次の句を思い出す。

老いはみな少し淋しく氷水　『流速』

都電は住宅街の中を走る。台所の裏手や布団を干す二階窓を過ぎ、飛鳥山で大きく曲がった。少し眠ってしまったが、ふと気づくと線路に沿った柵に冬薔薇が美しく咲いている。近隣の人々によく手入れされているのだろう。

終点の三ノ輪橋で降りると、昭和を色濃く残す商店街のアーケードが見えた。美味しそうな匂いに心誘われたが、反対側の日光街道を渡り、浄閑寺へ向かう。

浄閑寺は遊女を供養する寺としても知られる。安政の大地震の折、数多の新吉原の遊女が投げ込むように葬られ、投込寺と呼ばれるようになったという。

寒木の身を削り立つ浄閑寺　『十指』

本堂の脇から墓地に一歩足を踏み込むと、狭い敷地にびっしりと墓石が並んでいる。地元檀家の墓が多いが、墓の合間に落葉した寒木が、すくむように立つ。その根元には、崩れた小さな無縁墓が身を寄せ合うように立っていた。

足抜けの冬蚊ひそめる墓の裏　『十指』

極月の墓地へ張り出す厨棚　〃

墓地の裏手に回ると、新吉原総霊塔があった。安政の大地震以降の遊女やその子、関東大震災で亡くなった者など、およそ二万五千人の霊を祀っていると聞く。「生まれては苦界死しては浄閑寺」花又花酔の川柳が塔の石盤に刻まれている。遊郭でまさに身を削って生き、若くして散った女達の生涯はなんとも痛ましい。塔の前には、遊女の哀しい生涯に思いをはせた永井荷風の詩碑がある。檀徒に交じって文豪を偲ぶ来訪者も絶えないのだろう、花がたっぷりと活けてあった。墓地からふと見上げると、すぐ隣は人家でマンションが建ち並ぶ。寒風に洗濯物のハンガーがくるくると回っていた。

しばらく付近を散策しようとしたが、冬の日暮れは早い。来た道を足早に停留所へ戻ると、辺りはすっかり暗くなり、アーチの向こうに都電が煌々と灯をつけて待っていた。

都電一塊煌々たるも露けしや　『流速』

（「朝」平成二十五年一月号）

雑司ヶ谷・鬼子母神にある大銀杏

手賀沼の枯景色

眸先生は一月生まれで、冬がお好きと常々おっしゃっている。冬の水辺でお作りなった句も多いようだ。

この「師の句を訪ねて」でも、多くの海辺や湖、川のほとりを巡ってきた。今回、先生の自宅にも近く、お気に入りだった場所に向かう。千葉県我孫子市にある、手賀沼である。

沼照の押しひろごりて寒の晴　『四季逍遥』

この日はまさに寒晴のドライブ日和で、車は柏インターチェンジから高速を降り、手賀沼に向かった。電車では常磐線我孫子駅から徒歩約十分、またはバスかタクシーを利用する。駅の近辺は東京の通勤圏で住宅も多いが、沼に近くなるにつれ、農地が増えてくる。手賀沼の干拓が本格化したのは昭和二十年代からで、沿岸が埋め立てられ、農地となった。

かつては清らかな水を湛え、農業用水や漁業の場であり、四季折々の美しい風景には志賀直哉など多くの文人、詩人が集い、優れた作品を残した。

沼沿いを西端から東へと走ると、公園や鳥の博物館などがあり、水際の樹間にちらちらと子供達が遊ぶ姿も見えた。湖沼の真中にある橋を渡ると一転、対岸は人影もなく、刈田、枯野ばかりである。

東の沼尻にあるフィッシングセンター駐車場に到着した。車から一歩踏み出すと、風が容赦なく顔に吹きつける。

目前に広々とした水辺が広がり、沼、というより湖という印象だ。天上には青く深い冬空が大きく開けている。

目の前に古い小さな桟橋があり、近づいていくと、水鳥が二羽、近づいてきた。白鳥である。


白鳥の五羽居て巨花の五弁なす　　『四季逍遥』

桟橋は古く朽ち、立入り禁止となっている。

白鳥に近づくことはできなかったが、その美しい羽を大きく広げて水面を叩き、辺りに光を振り撒いていた。

眸先生の写真集『四季逍遥』の巻頭を飾る景色がそこにある。枯蘆の合間に、先生がお座りになった古い小舟もそのままに、ゆらゆらと繋がれていた。小舟も白鳥も冬の日をいっぱいに浴び、時が止まっているかのようだ。日差しの中に佇む先生の姿が彷彿とする。

寡黙もて沼の寒さを共有す　『矢文』

昭和六一年、「朝」吟行会での作である。フィッシングセンターの中にある会場で句会が催された。

沼辺は寒く、足元から冷えてくる。ふと、写真集の先生は素敵なコート姿だが、足元はストッキングに革靴であったことを思い出した。

お寒い様子を全く見せず、にこやかに美しい笑顔をされている。吟行で弟子達がセーターやズボン姿が多くても、師はいつもきちんとしたスーツ姿であった。

その凛とした姿は、今も憧れの的である。水辺の撮影でも疲れを周囲に見せず、スタッフに気遣いをされていたと聞く。その優しさと気概に改めて感動する。

わづかなる満干に生きて冬の沼　『午後の椅子』

綿虫や沼尻川となるところ　〃

沼尻にある橋に立つと、沼の先までよく見渡せた。沼の沖には魞が挿されている。舟で漁する人の姿は見えないが、佃煮の材料となるモツゴ（クチボソ）や鮒が獲れるという。蘆の陰の人影は、釣り人か望遠カメラで鳥を窺っているのだろう。沼は鳥類の楽園なのだ。魞の先に白鷺が留まり、鴨や様々な鳥が上空を縦横に飛び、水面を潜って餌を探している。眺めていて飽きないが、沼沿いを歩くことにした。

咲きのこる蓼あどけなし冬の畦　『午後の椅子』

しばらく行くと農地が広がる。ビニールハウスや農家が自家用に植えた葱や菜の緑も見えるが、あとは刈田が続く。

黒い土に刈取後の株が白く残り、遠景になると駱駝の背のような色に見える。畦道の草も枯れており、枯一色というのは、不思議に温かな景であった。

青蘆の根のゆるみなき日雷　『知己』

「その根は逞しく汚れていた。いつも見事な青さを一望していた私にはその汚れは驚きであり、同時に青蘆の生命力を思わせた」(自句自解より)。師がこの場所で蘆の生命力に圧倒されたのは平成三年の夏のことである。

沼辺はいま寒雲の下、見事な白銀色の枯蘆原が広がっていた。風にうねるように白く波打っていたが、雲間から日が差すと、たちまち黄金色に輝きだした。

その雄大な美しさに息を呑む。一陣の風がまるで生き物のように枯蘆を薙ぎ倒してゆくが、その根元はゆるみなく、すぐ立ち上がる。よく見ると、根元には小さな芽がすでに出ているのだ。自然の逞しさ、偉大さに感服するしかない。

たけなはといふ美しきこと枯野にも　『四季逍遥』

まさに手賀沼の枯野は、今たけなわ、と呼ぶにふさわしい美しさであった。この句は枯れゆくものの潔い美しさと、そこに育まれる生命への賛歌であるとしみじみと思った。

(「朝」平成二十四年一月号)

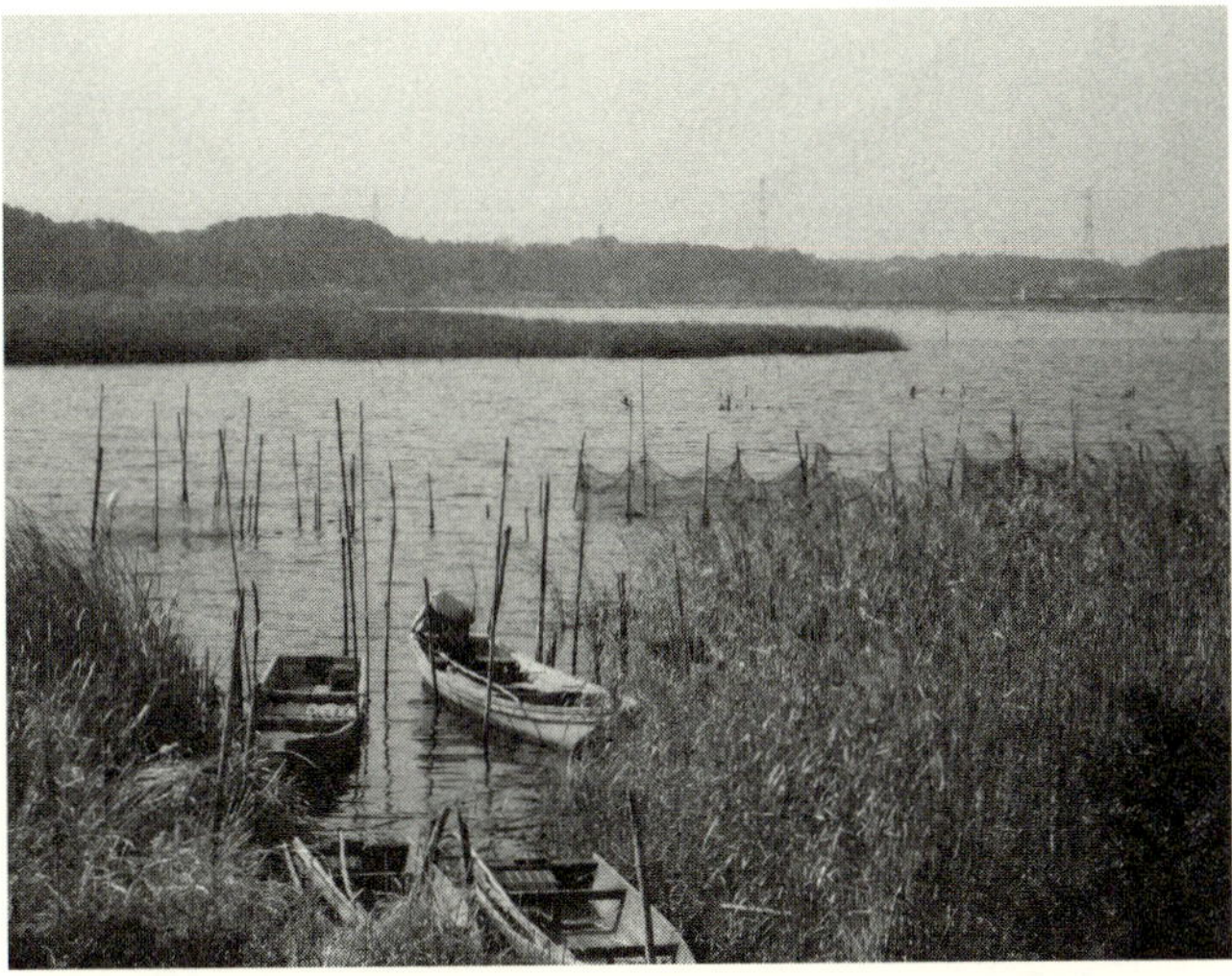

手賀沼の枯景色

柴又、江戸川土手歩き

よもぎ餅買ひて雲ゆく歩みかな　『冬』

掲出の句は岡本眸先生昭和四九年の作。四一年に葛飾区金町に居を構えられてからは、程近い柴又、江戸川沿いをよく散歩なさり、俳句の題材にもされていた。今回は眸先生の創作の道を辿ってみようと思う。

金町駅から京成電車に乗る。沿線は住宅がすぐ間近にあり、生活の匂いがする。明るい早春の光の中を電車は進み、踏み切りの警報音も、どこか懐かしい長閑な響きだ。一駅で柴又駅に到着。柴又といえばフーテンの寅さんで有名だが、駅前広場で亡き渥美清の像が迎えてくれた。

すぐに帝釈天へ通じる参道に入る。昔ながらの古い家屋の商店が賑やかに軒を並べている。土産物屋、老舗の鰻屋、佃煮屋の醤油の匂い、咳止め飴、そして団子屋……。

老舗の高木屋で早速、草餅を買う。土産用と串の団子二本を選び、包んでもらう間に奥を覗くと、大勢の観光客が卓を囲み話に弾んでいた。
下町育ちの眸先生も、この店に立ち寄っては、少女の頃の思い出話などをしていらしたらしい。

戦争中はと話し出す草の餅　『手が花に』

店先には子供一人が入りそうな巨大な赤銅の薬缶が置いてある。昔はこの大薬缶でお茶を淹れたのだと聞き、驚いた。
帝釈天の立派な山門をくぐると、すぐ左手に御神水の湧き水があり、春の水がきらきらと輝いていた。お参りを済ませると裏手に回り、江戸川土手へと向かう。道路は土手に突き当たり、土手上を人が闊歩しているのが見えた。

土手の上の人の大きく彼岸過ぐ　『冬』

自註に「見上げるときと見下ろすときとでは同一人物でも大きさが違ってくる。江戸川堤での所見。まだ土手には枯色が深い。昭和四五年作」とあり、まさにこの句の通りの光景だ。見上げる人の姿はとても大きく、不思議な感覚である。

土手を登ると、風景が一変した。眼前が大きく開け、河川敷の向こうに江戸川が滔々と流れている。その川岸はまだ枯色だが、明るい日差しにあふれていた。足元には犬ふぐりの青い小さな花がまだ冷たい川風に震えるように咲いている。

河川敷には矢切の渡舟場近くに「葛飾や桃の籬《まがき》も水田べり」の句碑が建っていた。葛飾の自然をこよなく愛した水原秋櫻子の大正十五年の作品。対岸の市川真間近辺を詠んだもので、当時の春の田園を流麗な響きで詠っている。

句碑を守るように伸びる梢には、雀が群れになって遊んでいた。この辺りは鳥の楽園である。対岸からは雲雀の声が聞こえ、川には鴨が名残を惜しんでいるように漂っている。

野焼後の鳥自在の翅使ひ　『冬』

「矢切野。早春のこのあたりが好きでよく歩く。名物の渡舟は土・日のみ」と自註に書かれてあったが、この日は平日、実際に矢切の渡舟場まで来ると、やはり渡舟は休み、残念でならない。対岸の茂みに舟が揚げられていた。その岸には枯葦に混じって若草の青い色がこぼれて見えた。

草に座って揚雲雀の声を聴き、流れをぼんやりと眺めながら草餅をほおばる。いつまでも居たいところだが、さて、と立ち上がる。土手上の道を川上に向かって歩こう。

春の雲を追いかけるように肘を振り、歩幅を広げて歩いてゆく。土手沿いに浄水場の大きな貯水塔が見え、小学校がある。ちょうど昼休みが終わり、チャイムとともに子供たちは校舎の中へと消え、ひっそりとした昼下がりになった。

さらに歩くと鉄橋の先にこんもりとした鎮守の森が見えた。金町に近い、葛西神社である。土手を下りて神社に向かうことにした。住宅街を抜けると大きな銀杏の木と石の鳥居に迎えられた。この神社には眸先生が毎年初詣にいらしたと聞く。

破魔矢もて指す金星の大いなる　「朝」平成八年

初詣古りて住みよき町なりけり　「朝」平成二十年

「朝」平成八年一月号の身辺抄のエッセイで、先生はこの神社の「葛西囃子」についてお書きになっている。

正月、境内の能楽堂で小中学生の少女達が演奏をする葛西囃子を毎年楽しみにしていらしたが、その年はどういう訳か、聴衆が他になく、お一人だった。さすがに寒いので帰ろうとすると、太鼓が勢いづいて鳴り出す。そこで又、足をとめてしまう。そんなことを繰り返すうち、気がつくと少女達が演奏しながら顔を見合わせ、笑っていた。どうやら先生お一人のために、演奏を止められないでいたのだ。

最後の一文が実にいい。「私の胸に少女達の体温が伝わってきた。『私のために有難う』と、私は笑いながら一礼した」。少女達とのさりげない心の交流に、読む者の身も温まる思いがする。

今、その境内は人影がなく、しんと静まった木陰からは、シャッシャッと澄んだ箒の音だけが聞こえている。見回すと巫女さんが落葉を一心に掃き清めていた。

この巫女さんもお囃子の太鼓を叩いただろうか。そう思うと心楽しく、その清々しい音に一礼をして立ち去ったのであった。

（「朝」平成二十二年三月号）

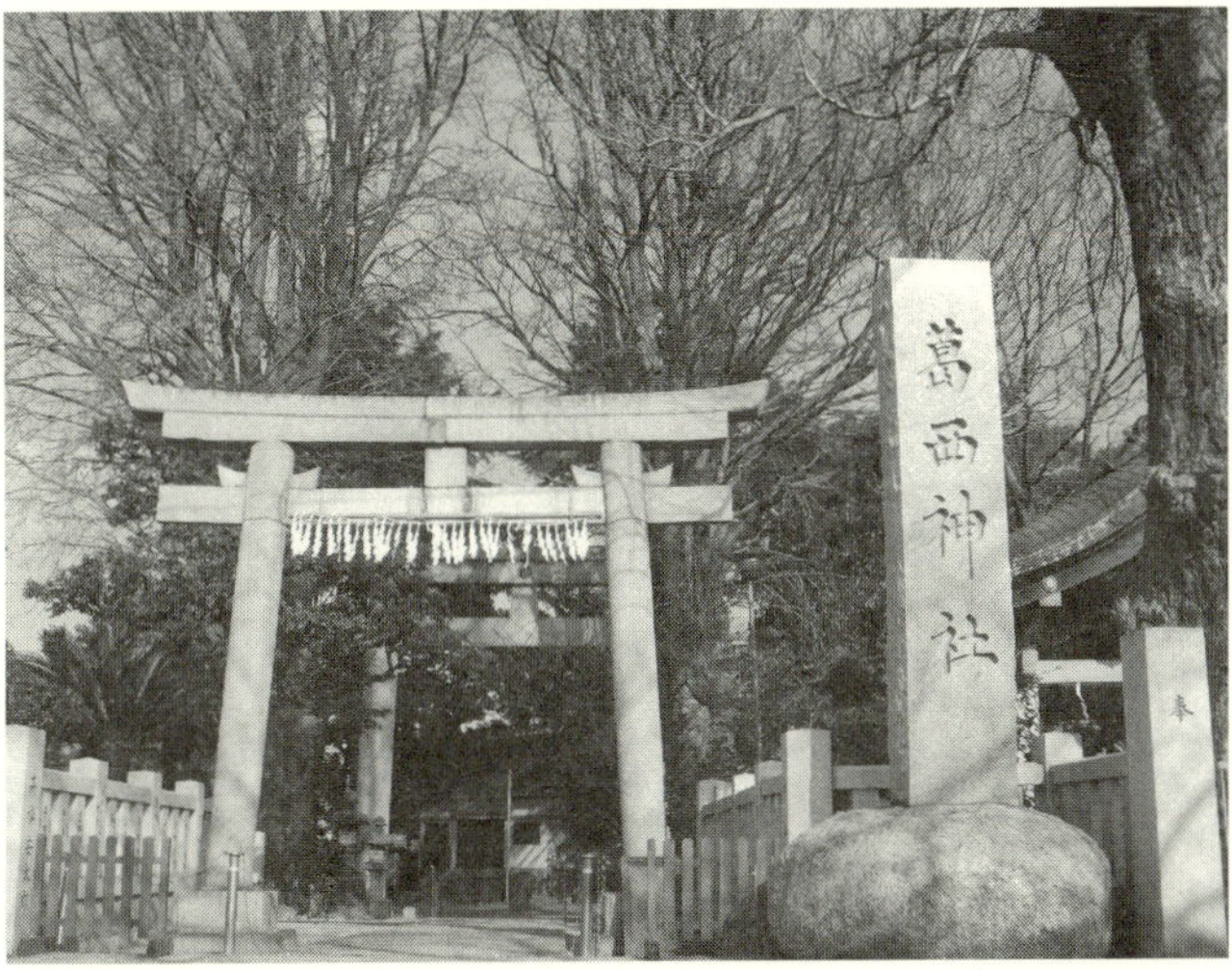

葛西神社の鳥居

三河の早春

立春前の冬晴れの日、名古屋駅で東海道新幹線から在来線に乗り換え、伊勢湾に近い桑名駅で降りた。
眸先生は平成二年頃から毎年、東海支部の方々や弦の会会員と東海各地を吟行され、数々の作品を残されている。先生が木曾三川を旅されたのは、平成九年のこと。桑名は河口にある城下町で古くから東海道の宿場町、伊勢神宮への玄関口として栄えた。桑名城址の九華公園へと向かった。

綿虫や城濠いまは生活川　『流速』
枯枝とて桜なりけり潜りみる　〃

かつての水城の面影は、揖斐川に通じる城濠だけだが、それも今は町川となっている。料理屋や民家の裏手に水を巡らせ、釣り船が繋がれてあった。公園は桜の名所と聞き、枝を見上げると枝先にまだ固いが確かに芽をつけている。
城址から長良川と揖斐川が合流した河口へしばらく歩くと、雪解け水なのか大河は滔々として、その流れの速さに驚く。

冬深むこころに雨の河口堰

『流速』

この日はよく晴れて河口の水面は白々と照り、多くの漁船が繋がれていた。桑名といえば蛤漁で有名である。船溜り近くの食堂で焼き蛤を食べた後、車で川上へと北上し、岐阜県海津町にある木曾三川公園へと向かった。

冬麗の大河一微の澗れもなし

『流速』

木曾三川公園は木曾川と長良川、揖斐川の三川が接する地点にある。公園の中心にタワーがあり、その展望台からの見事な眺望に圧倒された。広大な濃尾平野に、三筋の大河が寄り添うように蛇行し、青々と水を湛えている。
古くから洪水の被害に悩まされたというが、川の間を松林の堤が走る。江戸時代から明治、昭和と大規模な治水工事が行われて来たのだ。すぐ眼下の森は宝暦治水工事の責任者、薩摩藩家老平田靭負を祭神とする治水神社である。

夕日いま鏡のごとし落葉焚　『流速』

振つて消すマッチもろとも枯河原　〃

治水神社の境内に入り、松の緑に包まれた。檜造りの荘厳な神殿に手を合わせているると木を焚く匂いがする。振り向くと、切株を燃やしているのだ。河原の松林の間から川面が見え、夕日が金色に輝いている。眸先生も冬の匂いの中で夕日を眺められたのだろう。しばし感慨に浸った。

この日は愛知県の蒲郡に宿泊。三河湾に浮かぶ蒲郡竹島を望むホテルである。竹島へは橋で歩いて渡ることができる。眸先生も平成十一年の秋にこの小さな島を訪れた。

翌朝早く、さっそく鳥居をくぐって島に渡る。この島全域が八百富神社の境内となっているのだ。朝の空気が濃く感じるのは、緑深いせいだろう。左の作品の「富むごとし」の表現は、自然豊かなこの場所にこそふさわしい。

境内の裏手はすぐに海原が広がり、島の周囲の遊歩道には貝殻が嵌め込まれている。僅かな浜辺には、白い貝殻が打ち寄せられ、朝日にきらきらと光っていた。

幼きへ木の実わかちて富むごとし　『午後の椅子』

踏み鳴らす貝殻道や秋祭　『午後の椅子』

宿に戻ると、岡崎市在住で東海支部の都筑典子さんが車で迎えに来てくださった。これから岡崎城周辺をご案内くださるという。東海支部は昭和六十三年に発足し、眸先生は平成二年に岡崎を来訪。以降毎年、ご一緒に吟行をされた。

一碗の茶や万緑をひき絞り　『知己』

緑陰といふ裏側を愛しけり　〃

岡崎城は徳川家康公生誕の地で、産湯に使った井戸なども残り、天守閣に登ると、岡崎の町が一望できる。その後、日本庭園の茶席で一服することにした。

今は冬木立だが夏は緑に囲まれ、先生もここでお茶を召し上がったという。美味しい和菓子と抹茶をいただきながら都筑さんから眸先生や髙橋さえ子さんとご一緒に吟行された思い出を伺う。さらに公園内の料亭で、名物の菜飯田楽をいただきながら話は弾んだ。

手囲ひの湯茶のみどりも春近き　　『午後の椅子』

麗らかな日差しに誘われ、城内の公園をしばらく散策すると「あ、初蝶ですよ」と都筑さんの明るい声が響いた。小さな黄色い蝶が城壕にひらひらと舞っている。まだ生まれたばかりなのか、翅も弱々しい。周囲の梅の蕾も膨らみ、石垣にたんぽぽの花も見えた。

楽しい刻は瞬く間に過ぎ、別れを告げて旅の最終地、豊橋へと向かった。豊橋は先師富安風生師の出身地。城跡にある豊橋公園に風生師の句碑があり、眸先生は平成十五年に訪れ、次の作品を作られている。

冬ぬくし山ふところといふ言葉　　『午後の椅子』

しみじみと三河師の国冬ぬくし　　〃

「萬歳の三河の國へ帰省かな」。風生師の句碑に日が当たり慈父の笑顔のように迎えてくれた。大きな石碑の前で旅の肩の力がふっと抜ける。三河にはもう、春が来ていた。

（「朝」平成二十五年二月号）

三河湾に浮かぶ蒲郡竹島

結氷の諏訪湖

二月の初め、新宿から中央線特急スーパーあずさに乗り、信州へと旅に出た。東京が未曾有の大雪に見舞われる前のことで、甲府を過ぎても車窓に見る山々はうっすら雪化粧をしている程度であった。上諏訪駅で列車を降りると、さすがに冷たい風が頬を刺す。すぐにタクシーに乗り込んだ。

晔先生がこの地を訪れたのは平成十三年二月三日のことであった。「朝」には「弦の会」という朝賞受賞者で構成する研究会があり、毎年、吟行句会を行っている。その年の冬はメンバーの木内憲子さんの故郷、諏訪湖の結氷を見にゆくと聞き、先生も同行されることになったのだ。その折の感動を師は連作に成し、『午後の椅子』に収められた。今回の旅も木内さんにお世話になり、ここに感謝申し上げる。

眼前に古鏡眼下《高島城》に結氷湖　　『午後の椅子』

タクシーは湖にほど近い旧跡、高島城に着いた。城壕の水がびっしりと乳白色に凍りついている。その氷の厚さに驚きつつ濠の橋を渡ると、庭園の奥に天守閣が聳えていた。

城の内部に入り、上階へと登って行く。途中、鎧や武器、調度品など様々な展示物が硝子の中に陳列されていた。

「……高島城を見学したとき、城内に展示されていた丸い古鏡が、鈍い光を放っているのを見て、凍湖と古鏡の間に見えざる糸が繋がっているように思えた」と、師は「朝」身辺抄に書かれているが、掲句は鏡と氷、対比が鮮やかである。

展示物は入れ替えをするそうで、古鏡を見ることはできなかったが、城の最上階からは市内や山並、そして古鏡のように鈍く光る、凍湖を一望することができた。

雪雲も晴れ、高島城を後にして、諏訪湖畔へと向かう。

目前の湖は白く厚い氷で覆われ、沖は靄がかかったように白々とけぶり、幻想的な景色が広がっている。

よく見ると一部分、氷が解けている所があり、そこだけ水面に遠い山々や湖畔の木々が映っている。

しばらく湖上を見つめていたが、遠い湖岸に、白い波がキラキラと光るように思えた。目を凝らして見ると、白鳥の群れである。それも大群らしい。早速その岸辺へと向かった。

湖氷り川躍りゆく大地かな　『午後の椅子』

湖岸は遊歩道になっており、途中、水門があった。湖水は飛沫を上げ大地を轟かせて天竜川へと流れ出てゆく。氷湖から急流へ、静から動への転換を、師は見事に捉えている。

枯葦原のぬかるみを歩き、舟ごと凍って刻が止まったような舟溜りを過ぎて、ようやく水鳥の声が聞こえてきた。

岸辺に餌を撒く人がいるのだろう。水際に鴨や白鳥が群をなし、羽ばたく音で賑やかである。近づくと、餌を欲る鳥の眼の鋭さに思わずたじろぐ。餌がなくなると、やがて白鳥も数羽ずつ岸を離れてゆき、私もその場を後にした。

ほとけみち雪踏むひたに雪ふみて　「朝」平成十三年
躍りつつ雪解川いま夕日川　『午後の椅子』

諏訪といえば、湖と共に有名なのが諏訪大社である。御柱と呼ばれる大木を急坂に落とす勇壮な祭が人気だが、湖北岸近くにある下社の秋宮、春宮を訪れた。注連縄の大きさに驚いていると、出雲の職人が縄を綯うのだと聞く。出雲の旅を思い出して何か親しみを感じつつ、春宮から万治の石仏へと向かった。

辺りは雪が残り静かな径である。朱色に塗られた橋で砥川を渡ると、雪解川の轟音に包まれて、身が洗われるようだ。石仏をお参りした後、ふと川を見やると流れは夕日に照り、先ほどの橋があかあかと映り込んでいる。その景は、まさに師の詠んだ、

雪解川いま夕日川、そのものであった。

月の出のはや白鳥の数読めず　『午後の椅子』

灯を低く綴りて町や諏訪の冬　〃

その日は湖畔の宿に泊まる。部屋からは湖の静かな夕景が見渡せ、しばらく窓辺に佇んだ。先ほどの白鳥達はどこに行ったのだろう。湖に浮かぶ鳥影が小さく少なくなっている。

辺りは闇に包まれ、対岸の家並の灯りが、低く綴るように連なってゆく。そして湖上にも、点々と光が点った。氷上を彩るイルミネーションである。少し淋しいその輝きは、夜空から凍星が零れ落ちたようにも見えた。

夜咄しや氷上を星移りつつ　『午後の椅子』

翌日、午後の列車で発つ前に、春宮を再び訪れた。その日は二月三日、昼過ぎから節分会が催されるのだ。

境内には焚火も焚かれ、暖をとりつつ待っているお年寄りに聞くと、例年はもっと雪深く寒いという。保育園の子等や幼児を抱いた母親、地元の老若男女が続々と集まってきた。

赤鬼、青鬼を先頭に、裃をつけた年男年女の行列も到着し、いよいよ豆撒きの始まりである。

裏山の雪吹かれくる追儺かな　『午後の椅子』

雪中の追儺豆とはかく朱き　〃

節分は春を呼ぶ行事。諏訪の自然は厳しく、まだ寒い日々も続くが、こうして人々は集い、励まし合って生きて来たのだろう。「鬼は外、福は内」山里に元気な声が響いた。

（「朝」平成二十六年三月号）

結氷した諏訪湖に映る山々

梅雨の踏切

眸先生は身辺を多く詠まれているが、駅や踏切、線路、また車窓からの景色を句材とした作品が多い。今回は金町駅を起点に、その句を訪ねることにした。

地下鉄千代田線で松戸方面へと向かい、北千住を過ぎると地上に出る。明るくなった車窓からは、大きな川が見えた。荒川である。川は初夏の日差しを受け、土手は青々と茂っている。あっという間に車両は川を渡ってしまうが、この景色への師の思いは深い。

次の一句は昭和四五年の冬に車窓からここの雪景色を詠まれた作品。「朝の雪化粧をすべての人に見守られているような堤は、まろやかに美しかった」と自解されている。

愛されて淡雪の土手誰も行かぬ　『朝』

残りしか残されゐしか春の鴨　『二人』

ご主人逝去後の、昭和五二年春の作。「すっかり汚れた荒川放水路だが、鴨たちは忘れずにやってくる。主人が通勤の途次、もっとも喜んだ車窓の景。その鴨も大半は去って……」と述懐された。悲しみが胸に迫る名作である。

駅をいくつか過ぎ、中川の鉄橋を過ぎると地下鉄は金町駅に着いた。駅に立つとすぐに思い出されるのが、次の句である。先生はホームのどの辺りに立たれていたのだろうか。

初電車待つといつもの位置に立つ　『午後の椅子』

意味もなし寒きホームの端に来て　『朝』

師は昔からプラットホームの先端まで行って確かめないと気がすまない、癖なのだと仰っている。かつて師の俳句は「硬質の叙情」と評されたが、第一句集と第十句集の作品を並べてみて、まさにその通りであることに改めて驚く。電車が来るまでの一刻は、集中して詩心が掻き立てられる、貴重な時間と体得されたのだろう。

金町駅は今、昼近くで通勤客も少なく、構内は静まり返っている。ホームの先端へ行くと、一台の貨車が見えた。

綿虫や貨車が通ればその色に　『十指』

貨車見れば今も数よむ茅花かな　『流速』

金町駅には旅客線路の他に貨物線があり、操車場がある。線路が何本もあり、先が分かれていた。ふと貨車の線路はどこを通るのか、確かめてみたいと思った。

春めくと話して改札員同士　『二人』

ホームを降り、駅員に貨車の線路を確かめて改札口を出る。その前に京成線の金町駅に寄ることにした。柴又方面に行く私鉄の駅で、昔懐かしい風情が今も残っている。

簾吊り踏切小屋に西ひがし　『冬』

踏切に知る顔ひとつ梅雨のひま　『手が花に』

以前はこの線路脇に年代ものの踏切小屋があり、古簾が窓に吊ってあったのだ。踏切はまだ健在で、商店街に通じている。行き来する人々もどこか親しげなのが嬉しい。都内では線路の多くが高架になり、踏切は珍しくなってきたが、ここ金町界隈には踏切が多い。京成線に加え、先ほど駅から見た、小岩へ通じる貨物線があるからであろう。

住宅街の中の路地に単線の小さな踏切があった。線路脇に草花が咲き、すぐ先には幾つも踏切が見える。今は貨車も通らずしんかんとして渡る人も少ない。

金鳳花昼しんかんと鉄路置き　『午後の椅子』

開くまでの梅雨の踏切子が摑む　『冬』

胸もとに竹の踏切梅雨の入　『一つ音』

師の踏切の作品には夏、ことに梅雨が多い。梅雨の晴れ間の開放感や遮断機の竹の弾みが、ありありと伝わってくる。線路近くで学校帰りの小学生たちが寄り合い、その脇を自転車の子が勢いよく踏切を抜けて行った。

裸見え沿線の家みな古りぬ　『冬』

駅に戻り、北千住へと電車に乗り、東武伊勢崎線に乗り換えた。右の作品は常磐線の車窓の景であるが、浅草に通じるこの沿線もビルの合間に下町らしい佇まいが残っている。

途中、東向島の駅で降り、向島百花園に寄る。江戸時代から続く名園で、園内に一歩入ると深い緑に包まれ、静かな趣が漂う。御座敷もあり、師も度々訪れ、作品を作られている。

葛散つて浴後のごとき夕べかな　『母系』

湧水に日の当りゐて露けしや　『午後の椅子』

葛棚の花はまだ咲いていなかったが、園庭には紫陽花が彩をつけ始め、池の辺に花菖蒲が見事に咲いていた。

少し曲つて住み良ささうな冬日路地　『知己』

干蒲団東武電車の影よぎる　〃

東武線曳舟駅まで惣菜屋などを覗きつつ、商店街を歩く。なるほど住みやすそうだ。浅草方面の電車に乗ると、車窓からは、古い二階家の物干し台も見えた。

しかしそれも束の間、近代的なビル群となり、次はスカイツリー駅である。

東武電車を終点浅草駅で降り、隅田川河畔から鉄橋を見上げた。夕焼けで赤く染まったスカイツリーに向かい、電車が帰宅客を乗せてガタガタと音を立てて川を渡って行った。

（「朝」平成二十四年六月号）

金町近くの踏切

岡本眸先生略年譜

注：年譜中「～行」の地名は、本文で取り上げた地をいつ訪れたのか、作品の時期が参照できる様、記載したものである。句集、随筆の他の入門書・共著等の刊行物、役職等は割愛した。

昭和三年～二三年（一九二八～四九）		一月六日、東京都に生まれる。二〇年、東京大空襲で二度罹災。
昭和二四年～三五年（一九四九～六〇）	二一～三二歳	会社勤務を始め、二五年より職場句会を通して富安風生に師事。「若葉」入会。三一年より投句。「若葉」編集長岸風三樓の指導を併せ受け三三年「春嶺」入会。三四年、春嶺賞受賞、同人。
昭和三六～四六年（一九六一～七〇）	三三～四二歳	第八回若葉賞受賞、同人。三七年一一月結婚、駒込に新居を構える。四〇年、浦安吟行。四一年一一月入院、手術。四二年京都行。四三年、軽井沢行。東金町に転居。「蛍」連作。四五年真間山行、川越行。
昭和四六～五〇年（一九七一～七五）	四三～四七歳	第一句集『朝』（牧羊社）刊。京都行。四七年、同句集にて第一一回俳人協会賞受賞。四九年、佃島吟行。五〇年夏、京都行。
昭和五一～五三年（一九七六～七八）	四八～五〇歳	第二句集『冬』（牧羊社）刊。富山行。一〇月、夫急逝。五二年朝日カルチャー横浜教室講師。三月、安房鴨川行。夫遺句集『朱』刊。五三年、指導句会「銀座若葉会」発足。一月下田行、春九州行。
昭和五四～五六年（一九七九～八一）	五一～五三歳	二月師富安風生逝去。『自註シリーズ岡本眸集』（俳人協会）、第三句集『二人』（卯辰山文庫）刊。山中湖行。五五年、春嶺第一回往来賞受賞する。春、吉野山へ風三樓師に随行。八月、主宰誌「朝」を創刊。五六年、富山支部発足。
昭和五七～五九年（一九八二～八四）	五四～五六歳	師岸風三樓逝去。夏、岡山行。五八年、第四句集『母系』（牧羊社）刊。五九年、同句集にて第八回現代俳句女流賞受賞。富山行、六月、北海道行。
昭和六〇～六二年（一九八五～八七）	五七～五九歳	富山にて「朝」五周年大会。第五句集『十指』（角川書店）刊。神奈川県真鶴町に第一句碑建立。六一年、岡山、北海道行。手賀沼吟行。六二年、山中湖行。

昭和六三～平成二年（一九八八～九〇）	六〇～六二歳	静岡県下田市爪木崎に第二句碑建立。早春、吉野山行。富山市八尾風の盆行。随想集『川の見える窓』（牧羊社）刊。冬、新潟村上行。平成元年、富山、魚津行。八千代市正覚院に第三句碑建立。二年、第七回富安風生賞受賞。春、白河行。夏、岡崎行。第六句集『矢文』（富士見書房）刊。
平成三～五年（一九九一～九三）	六三～六五歳	第七句集『手が花に』（牧羊社）刊。ＮＨＫＢＳ「俳句王国」講師にて松山行。夏、手賀沼吟行。秋島根県大東町行。四年、奈良行。千葉県鴨川仁右衛門島に第四句碑建立。自選句集『自愛』（ふらんす堂）刊。五年、山形県山寺「風雅の国」に第五句碑建立。信州行。
平成六～八年（一九九四～九六）	六六～六八歳	奈良行。四月、富山県魚津市に第六句碑建立。春の褒章にて紫綬褒章を授与される。秋、山形行。七年、春に太宰府、夏に軽井沢行。第八句集『知己』（卯辰山文庫）刊。冬、白河行。八年、同句集にて第一回ハインツ女流俳句大賞受賞。軽井沢行、雑司ヶ谷吟行。
平成九～一一年（一九九七～九九）	六九～七一歳	春、ＮＨＫＢＳ「俳句王国」にて松江行。富山市八尾行。冬、木曽三川吟行。一〇年、松山行。一一年七月、第九句集『流速』（朝日新聞社）刊。秋の叙勲にて、勲四等宝冠章を受ける。俳句研究別冊『岡本眸読本』（富士見書房）刊。
平成一二～一四年（二〇〇〇～〇二）	七二～七四歳	十三年二月諏訪湖行。高知県中村行。伊香保温泉に第七句碑建立。一四年、『俳句は日記』（日本放送出版協会）刊。
平成一五～一七年（二〇〇三～〇五）	七五～七七歳	冬、豊橋行。五月、山形行。一六年、ＮＨＫＢＳ「俳句王国」にて松山行。一七年、句集『一つ音』（ふらんす堂）刊。
平成一八年～（二〇〇六～）	七八歳～	平林寺吟行。第十句集『午後の椅子』（ふらんす堂）上梓。同句集にて平成一九年、第四十一回蛇笏賞受賞。エッセイ集『栞ひも』（角川学芸出版）刊。平成二〇年、第四九回毎日芸術賞受賞。二一年、『四季逍遥・岡本眸写真集』（ウエップ）刊。

参考資料：「俳句研究」平成六年十月号岡本眸略年譜、「朝」創刊二十周年特集『朝』年表、「朝」創刊二五周年特集『朝』年表（いずれも野路斉子編）、「朝」創刊四百号特集『朝』年表（朝編集部編）。

あとがき

本書は、「朝」誌に平成二十一年十月より二十五年まで、師の作品由縁の地を歩いて取材し、毎月連載した文章をまとめたものです。出版にあたり、師の作品の年代に合わせ調整しました。前後するところはご了承願います。

岡本眸先生には、私の拙い文章をご寛容いただき、心より感謝申し上げます。

師の俳句の歩みと共に、最初は東京近郊を歩いておりましたが、活躍の場を追ううちに、全国へと足を伸ばすこととなりました。独自の身辺句の世界を育んだ東京下町、風生師、風三樓師ゆかりの地、地方の朝会員と親しく交流しつつ自然の本質を見事に詠んだ作品……。北海道から東北、北陸、四国、九州と師の作品に導かれ、日本列島を縦断していたのです。

時には雪の中、嵐の中の強行軍もありましたが、足跡を辿り、作品の生まれた場所で、その感動の一瞬を追体験できたときの喜びは、何物にも代えがたいものでした。

「俳句は日記」を提唱し、人間を愛し、自然を慈しみつつ卓越した感性で詠まれた師の句の多くが旅の中にあった事実には、驚くばかりです。師は詩心を杖に、生涯を旅する俳人、との思いを深めました。

各地の支部の皆様には、取材地をご案内いただき、大変お世話になりました。他にも多くの「朝」の方々にご助力を賜りました。出版にあたっては、ウエップの大崎紀夫様にご苦労をおかけしました。皆々様に、心より厚く御礼を申し上げます。

皆様とのご縁を大切に、これからも師の句を羅針盤として俳句の道に邁進して参りたいと存じます。どうか今後とも、よろしくご指導の程、お願い申し上げます。

最後に、師の旅の多くに随行した「朝」同人の母・加瀬美代子にも感謝の気持ちを伝えたいと思います。

平成二十七年十二月

広渡詩乃

朝俳句叢書150

著者略歴

広渡詩乃（ひろわたり・しの　本名：紀子）

1956年（昭和31）　6月14日東京都生まれ
1979年（昭和54）　早稲田大学卒業、広告会社勤務
1985年（昭和60）　岡本眸に師事、「朝」入会
2000年（平成12）　「朝」同人
2002年（平成14）　「朝新人賞」受賞
2005年（平成17）　句集『春風の量』上梓
2009年（平成21）　「朝賞」受賞

俳人協会会員
東京国際大学講師・ＮＨＫ学園俳句講座講師

現住所＝〒179－0085　東京都練馬区早宮１－９－10

師の句を訪ねて－岡本眸その作品と軌跡

2016年1月5日　第1刷発行

著　者　広渡詩乃
発行者　池田友之
発行所　株式会社　ウエップ
〒160-0022　東京都新宿区新宿1-24-1-909
電話　03-5368-1870　郵便振替　00140-7-544128
印　刷　モリモト印刷株式会社

※定価はカバーに表示してあります　ISBN978-4-86608-012-3